Susanne Pohl wurde 1972 in Dithmarschen geboren und lebt inzwischen als freie Autorin in Kiel. Ihre Vorfahren haben als Polizisten oder Kriminelle auf beiden Seiten des Gesetzes gestanden. Da sie eher künstlerisch veranlagt ist, schreibt sie über Ermittlungen und Verbrechen. Seit 2014 ist sie Mitglied bei den Mörderischen Schwestern. »Taval und die nackte Katze« ist ihr Krimidebut. Mehr auf www.susannepohl.de.

*Susanne Pohl*

Taval und die nackte Katze

1. Auflage
Juli 2017
Originalausgabe

Dramaturgische Beratung und Lektorat: Tordis Pohl
Korrektorat: Jochen Westermann
Cover, Satz und Umschlaggestaltung: Nicole Schwerdtfeger
Druck und Bindung: CPI books GmbH, Leck
Printed in Germany
ISBN 978-3-00-054973-1

KRIMI

SUSANNE POHL

# Taval

## und die nackte Katze

# EINS

Taval stand im Wohnzimmer der Katzenbesitzerin. Feinverputzte Wände, ein cremefarbenes Ledersofa, in einer Zimmerecke ein Kamin, daneben ein Ölbild in Blau- und Grüntönen. Was immer das darstellen soll, dachte Taval. Auf dem Teppichboden neben einem Sessel aus Chrom eine Katzenskulptur, über allem ein unverschämt großes Panoramafenster mit Blick auf die Förde.

»Cleopatra ist eine Hauskatze, sie darf nicht raus.« Silvia Allenstein, seine Auftraggeberin, warf einen Blick auf ihre mit Diamanten besetzte Armbanduhr. »Tagsüber dürfen Sie sich frei bewegen, nachts müssen Sie sich in der Wohnung aufhalten. Cleopatra quälen in der Dunkelheit Angstzustände.«

Kotzte die Katze dann in eine Ecke oder zerkratzte sie die teure Wohnungseinrichtung? Egal! Der Plasma-Fernseher versprach, dass ihm nicht langweilig wurde.

Zwei Staffeln »The Walking Dead« wollte er sich dieses Wochenende reinziehen.

»Haben Sie das verstanden, Herr Taval?«

»Sicher! Sonst hätte ich nicht die Vertretung für Dennis übernommen.«

Die Frau maß ihn mit ihren braunen Augen unter den gezupften Brauen. Trotz der Jeans und der weißen transparenten Bluse, die darüber fiel, wirkte die Dame angespannt und nicht wie in Wochenendstimmung.

»Dennis hat Ihnen sicher mitgeteilt, dass ich beim MEK bin, äh, war«, versuchte Taval, die Katzenbesitzerin zu beruhigen.

»Ja, ja.« Sie fingerte an ihrer Armbanduhr. »In der Küche liegt eine Liste mit Anweisungen für den Umgang mit Cleopatra.« Die Frau zeigte mit ihren dunkelrot lackierten Fingernägeln auf einen Tresen, der Küche und Wohnbereich voneinander trennte. »Noch Fragen?«

»Nein. Ich komme zurecht.« Wenn Silvia Allenstein ihn aufgefordert hätte, die Liste unter ihrem strengen Blick zu unterschreiben, hätte ihn das nicht überrascht. Dennis hatte ihm erzählt, dass seine Tante Anwältin war, und mit denen hatte Taval Erfahrung. In letzter Zeit mehr als ihm lieb gewesen war. Er hoffte, es blieb in nächster Zeit bei belanglosen Kontakten. Aber sein Wort schien ihr auszureichen.

Frau Allenstein verabschiedete sich überraschend kühl von ihrem Katzen-Liebling, einem ziemlich hässlichen Vieh. Vielleicht wollte sich die Dame einem Fremden gegenüber nicht emotional zeigen. Taval stand vor dem Panoramafenster. Auf der Förde brach einer Regattayacht der Mast und verpasste dem Schiff Schlagseite. Er stöhnte. Die Herbstsonne glitzerte unschuldig auf dem Wasser.

»Ich wünsche, am Sonntag hier alles so vorzufinden, wie ich es verlassen habe«, war Silvias letzte Anweisung an ihn.

Taval ignorierte den Kaffeevollautomaten in der offenen Küche. Stattdessen reihte er seine Handmühle, den Porzellanfilter, die Filtertüten, seinen Kaffeebecher und die Tüte mit den äthiopischen Bohnen auf dem Küchentresen neben Frau Allensteins Anweisungsliste auf. Er war froh, dass er das Wochenende nur mit einer neurotischen Katze verbringen musste, auch wenn das Tier Cleopatra hieß.

Er befüllte einen Wasserkocher, den er in der Küche fand, nahm den großen Zettel, der beidseitig eng beschrieben war, legte ihn wieder ab und beschloss, die Anweisungen später zu lesen. Er öffnete die Tüte mit den Kaffeebohnen, steckte seine Nase hinein und sog den fruchtigen Duft ein. Aus den Augenwinkeln sah er die Katze Richtung Küche schleichen.

»Hey, Cleopatra. Ich bin Taval, und wir zwei werden das Wochenende zusammen verbringen.« Er schüttete eine Portion Bohnen in die Mühle und drehte die Kurbel. Die Katze sah ihm mit ihren großen blauen Augen zu. Taval stellte den Filter auf seinen Becher und befeuchtete ihn mit heißem Wasser. Das Tier sprang auf den Küchentresen.

»Unser gemeinsames Wochenende stell ich mir so vor: Tagsüber gehe ich laufen, schaue mir verschiedene Cafés und Röstereien an, probiere Kaffee und fachsimpel mit dem ein oder anderen Kaffee-Nerd. Und abends setzen wir uns zusammen auf das schicke Ledersofa und machen Binge-Watching.« Er füllte das Kaffeepulver in den Filter und goss auf.

Cleopatra schnupperte an den Utensilien. Taval fand, dass sie eher wie eine Cleo aussah. Neben den großen Augen hatte sie beachtliche Ohren. Doch das Bemerkenswerteste an ihr war, dass sie kein Fell hatte. Sie war nackt. Das gefiel Taval. Cleo war eine Katze, aber sie war ein Weibchen. Und mit unbekleideten Frauen konnte er umgehen. Jessi, seine Ex-Freundin, war anderer Meinung. Aber an die wollte er dieses Wochenende nicht denken.

»Wie ich sehe, bist du nicht ganz nackt, liebe Cleo. Du trägst ein schickes Lederhalsband, und ich sehe ein sehr feines Fell.« Taval beugte sich zu der Katze herüber. Die zog ihre Ohren nach hinten, legte sie flach an ihren Kopf und fauchte.

»Hey, nicht so stürmisch.« Er streckte seine rechte Hand zu Cleo aus, um sie zu streicheln und zu beruhigen. Er berührte das Tier und war von der warmen

Haut überrascht. Er hatte erwartet, die Katze würde sich kalt anfühlen.

Ein Brennen auf seiner rechten Hand riss ihn aus seinen Gedanken. »Verdammt!« Taval starrte auf vier blutige Kratzer auf seinem Handrücken.

Cleo sprang vom Küchentresen, stieß dabei den Filter vom Becher. Das braune Getränk spritzte auf die Arbeitsplatte, auf den Wasserkocher und ergoss sich über die Pflegeliste des Haustiers. Die dunkle Flüssigkeit rann die Schranktüren hinunter und hinterließ eine schmutzige Spur, bis sie auf den Fußboden tropfte.

»Du Scheißkatze!«, brüllte Taval durch die Wohnung. Dann zog er die Liste von der Arbeitsplatte. Mehr Kaffee tropfte auf den Fußboden. Ein moderner Gong säuselte durch die Wohnung. Taval fluchte.

»Wo ist Dennis?« Ein Mann Anfang 60, in einem anthrazitfarbenen Dreiteiler, starrte Taval entgegen.

»Guten Tag, Herr …?« Taval positionierte sich zwischen Tür und Türrahmen.

»Allenstein«, sagte der Mann. »Wo ist der Tunichtgut?« Von seinem Sohn schien er keine besonders hohe Meinung zu haben. Der Mann war Taval ebenso unsympathisch wie dessen Schwester.

»Nicht hier.« Er sah keine Veranlassung, Dennis' Vater zu informieren, wo sein immerhin erwachsener Sohn steckte.

»Ich sehe, Sie haben schon Bekanntschaft mit Cleopatra gemacht.« Allenstein Senior strich mit seiner linken über seine rechte Hand, griente und zeigte seine Zähne.

Taval verzog keine Miene, von dem Anzugträger ließ er sich nicht provozieren.

»Ich suche Dennis. Und da meine Schwester auf ihrem monatlichen Schönheitswochenende ist, vermutete ich ihn hier beim Katzensitten.« Schönheitswochenende und Katzensitten hatten bei ihm den gleichen abfälligen Klang. »Am besten, Sie lassen mich jetzt in die Wohnung. Sonst läuft Cleopatra noch hinaus. Und dann Gnade Ihnen Gott. Meine Schwester versteht keinen Spaß, wenn es um ihre Katze geht.« Dabei machte er einen Schritt auf Taval zu. Der ging widerwillig zur Seite und schloss die Wohnungstür.

»Wenn Dennis sich bei Ihnen meldet, sagen Sie ihm, er soll mich umgehend anrufen.« Allenstein war auf dem Weg ins Wohnzimmer.

»Warum soll er Sie anrufen?« Taval versuchte, Allenstein im Wohnungsflur in ein Gespräch zu verwickeln. Er wollte unter allen Umständen verhindern, dass der die Sauerei in der Küche bemerkte.

Der Mann stoppte. »Ich wüsste zwar nicht, was Sie das angeht«, er strich über sein rasiertes Kinn, »aber teilen Sie ihm mit, seine Großmutter hat eine Überraschung und lädt die Familie Sonntagnachmittag in den Club ein.« Er nahm eine Visitenkarte aus einem silbernen Etui und reichte sie Taval. »Wenn es um sein

Erbe gehen könnte, lässt der Junge sich mit Sicherheit blicken. Knapp bei Kasse ist der Kerl doch immer.«

Taval stand wieder hinter dem Küchentresen, jetzt in schwarzen Laufklamotten. Allenstein Senior war gegangen, ohne die Sauerei zu bemerken. Wenigstens das. Taval war sich sicher, er hätte seiner Schwester brühwarm davon berichtet. Genauso sicher war er sich, dass diese in Bezug auf Sauberkeit keinen Spaß verstand. Für den Rest des Wochenendes konnte er gut auf die allensteinsche Bagage verzichten.

Der Kaffeesatz war angetrocknet. Auch die Katzenliste, die Taval beim Klingeln wieder auf den Tresen geworfen hatte, klebte fest auf der Arbeitsplatte. Teilweise lesbar. Taval war schnell klar geworden, dass das eine größere Aktion sein würde. Er hatte überlegt, eine Putzfrau zu engagieren, sich dann aber entschieden, das später selbst wegzumachen. Schlimmer konnte es eh nicht werden. Da konnte er genauso gut erst mal Laufen gehen. Cleo saß auf dem Ledersofa im Wohnzimmer. Sie leckte ihr feines Fell.

Taval startete eine Laufapp und klemmte sein Smartphone in den Halter am linken Arm. Das Gerät vibrierte und Taval erschrak kurz. Im Display erschien Dennis' Name.

»Was gibt's? Ich wollte gerade …«

»Taval, ich brauch dich«, flüsterte Dennis.

»Was? Sprich lauter!«

»Ich sitze voll in der Scheiße. Ich brauche deine Hilfe. Bitte!« Dennis flehte. »Und bring die Katze mit, es geht um Leben und Tod!«

In den Häusern residierten Anwälte und Steuerberater, las Taval auf Hochglanzschildern. Bürogardinen und Orchideen zierten die Fenster, die vereinzelt auf Kipp standen. Das Zielobjekt entpuppte sich als ein eingeschossiger roter Backsteinbau mit Verzierungen im Gemäuer. Die Fensterscheiben waren von einer grauen Schmutzschicht überzogen. Im Vorgarten wucherten die Disteln hüfthoch. Von Dennis selber war nichts zu entdecken. Taval schaute die Straße auf und ab. Auch in der gegenüberliegenden Grünanlage sah er niemanden mit Dennis' trainierter Statur.

Cleo schrie wie ein hungriges Baby und tobte im Rucksack auf seinem Rücken. Sie hatte sich keineswegs beruhigt, wie Taval gehofft hatte. Er konnte immer noch nicht glauben, dass er das Tier mitgeschleppt hatte. In seinem Rucksack, weil er die Katzen-Transportbox nicht gefunden hatte.

Taval betrat das Grundstück, ging den mit Herbstlaub übersäten Aufgang zum Haus entlang. In den Wegfugen spross das Gras. Warum hatte Dennis ihn hierher bestellt? War das Teil einer blöden Mutprobe oder irgendeine Angeberaktion? Hinter den Fenstern regte sich nichts. Kurz vor der Stufe zur Eingangstür registrierte Taval eine Bewegung. Seine Nackenhaare stellten sich auf. Eine Ratte sprang aus einem Busch vor der Hauswand, rannte zur Straße, bis sie in einem Teich in der Grünanlage auf der anderen Straßenseite verschwand. Die Ratten verlassen das sinkende Schiff, dachte Taval und setzte den Rucksack mitsamt Katze auf der Steinstufe vor der Eingangstür ab. Den Reißverschluss zog er ein winziges Stück auf. »Hey, Cleo, sorry. War notwendig.«

Das Katzenvieh zwängte sich aus seinem Gefängnis. Taval versuchte, es zu greifen, war nicht schnell genug, und es entwischte durch die Tür ins Haus. Ein beißender Geruch stieg Taval in die Nase. Die Katze hatte nicht nur in den Rucksack gepinkelt, sie hatte hineingekotzt.

Kurzzeitig bedauerte er das Vieh. Dann wurde er wütend. Cleo war durch die Haustür verschwunden, die einen Spalt offen stand. Er wurde nachlässig. So etwas wäre ihm letztes Jahr nicht passiert. Und da hatte er das Team im Rücken gehabt. Heute war er auf sich allein gestellt, vor einem verlassen wirkenden Haus, dessen Haustür nicht verschlossen war. Dennis hatte ihn um Hilfe gerufen, aber wo war er? In dem alten Kasten? Cleo holte er besser auch zurück, sonst stand er wie ein Volltrottel da, der nicht einmal auf eine Katze aufpassen konnte.

Er nahm sein Smartphone aus dem Armhalter und rief Dennis an. »Wo bist du? Ich steh hier vor dem Haus? Melde dich!«, hinterließ er auf der Mailbox. Mist! Der Kerl ging nicht ran.

Dann also ohne jegliche Befugnis und allein. Alles einen Schritt langsamer, befahl er sich. Er schaute über die rechte Schulter und vergewisserte sich, dass dort niemand lauerte. Den stinkenden Rucksack ließ er draußen liegen. Er setzte seinen linken Fuß gegen die Tür, drückte sie auf und wartete. Keine Reaktion. Er marschierte ins Haus und ging sofort zur Seite. Immer aus dem Türrahmen treten, nie dort stehenbleiben. Er schloss die Tür, damit Cleo nicht rauslaufen konnte.

Im Hausflur war es dunkel. Er tastete neben der Tür nach dem Lichtschalter, fand und betätigte ihn. Eine Energiesparlampe in einer Deckenleuchte begann zu glimmen.

»Hallo! Ist hier jemand?«, rief er ins Haus, wartete, horchte. Nichts. Er schaute in den Flur nach rechts, nach links und entschied sich, zuerst im vorderen Teil des Gebäudes zu suchen.

»Cleo!«, rief er, während er den Flur abschritt. »Mistvieh, wo bist du?« Rechter Hand eine geschlossene Tür, dort konnte die Katze nicht sein. Also geradeaus. Vorher ein Blick zur Zimmerdecke. Eine wichtige Regel: Immer auch nach oben schauen. Nur Risse in der Decke.

Die Tür zum nächsten Zimmer stand offen, die Nachmittagssonne schien auf den Holzfußboden. Er spähte durch den Türschlitz, ob er etwas hinter der Tür sehen konnte. Nichts. Er führte die Tür mit seiner rechten Hand, bis sie kräftig an die Wand schlug. Kein Widerstand, hinter der Tür verbarg sich niemand. Taval schaute nach rechts in den Raum, leer, ging rein. Modriger Geruch schlug ihm entgegen, die Tapete hing an einer Stelle von der Wand. Hier war lange nicht mehr geheizt worden. Unter den Fenstern sah er gusseiserne Heizkörper mit Lamellen.

Ein Poltern ließ ihn zusammenzucken. Es klang, als wäre direkt über ihm jemand gestolpert. Cleo jaulte. Das Katzenvieh lief also oben herum. Aber da war noch irgendwer. Wenn es Dennis war, warum hatte er sich nicht bemerkbar gemacht?

Schnell verließ Taval das Zimmer. Im hinteren Teil des Flurs führte eine breite Holztreppe in den ersten Stock. An der Wand entlang hastete er die Stufen hoch, den Blick nach rechts oben gerichtet. »Hallo?«, rief er. Keine Antwort. Das Geräusch war aus einem der vorderen Räume gekommen.

Oben angekommen raste sein Puls. Verdammt. Nicht jetzt. Laufen, kalt werden und dann schnell die Treppe hoch. Das vertrug sein Herzkreislaufsystem nicht mehr. Seine Konzentration ließ nach. Ihm wurde schummrig. Er ging in die Hocke, schaute sich um. Die Tür zum vorderen Zimmer war geöffnet, er konnte hineinsehen. 90 Sekunden brauchte er, bis er wieder voll handlungsfähig war, das wusste er aus Erfahrung. Atmen. Gucken. Im Zimmer saß eine Frau unter einem Fenster, an die Heizung gelehnt. Regungslos. Atmen.

Er fühlte die Gefahr, sie kam von rechts. Die Nackenhaare reagierten, er nicht. Der Schlag auf den Kopf war hart.

# ZWEI

»Sie sind tatverdächtig in einem Ermittlungsverfahren«, drang durch Tavals Ohr in sein Gehirn. Er lag bäuchlings auf einem Holzfußboden und sein Kopf schmerzte.

»Alles was Sie jetzt sagen, kann vor Gericht gegen Sie verwendet werden.« Vor ihm standen zwei Beine in blauer Polizeiuniform. Die Stimme jedoch kam aus einer anderen Richtung.

»Sie haben das Recht hier zu schweigen. Sie können sich jederzeit auch schon vor Ihrer Vernehmung mit einem Anwalt beraten.« Hinter ihm holte jemand Luft und legte ihm Handschellen an.

»Sie können sich schriftlich äußern und Beweisanträge zu Ihrer Entlastung stellen. Haben Sie das verstanden?«

Den Text kannte Taval und konnte ihn herunter rattern wie die weibliche Stimme hinter ihm. Was zum Teufel war passiert? »Was soll das? Was macht Ihr da? Ich bin ein Kollege. Nehmt mir die Acht ab.« Doch niemand befreite ihn von den Handfesseln. Dass die ihm von einer Polizistin angelegt worden waren, machte die Lage jetzt auch nicht besser.

»Wer sind Sie?«, fragte die junge Streifenbeamtin.

»Mein Name ist Jesper Taval. Ich komme aus Hamburg. Ehrlich Jungs, äh, und Deern, ich kenne den Verein. Ich war …«

»Das klären Sie auf dem Revier«, sagte die Beamtin.

Die Uniformbeine halfen Taval aufzustehen. Sie gehörten zu einem fülligen Beamten, der angesichts der Anstrengung ächzte. Wenn ich so eine Wampe hätte wie du, würde ich auch stöhnen, dachte Taval, behielt den Gedanken aber für sich. Es sah so schon nicht gut für ihn aus, da musste er nicht zusätzlich einen Beamten beleidigen.

»Hey, ich bin ein Kollege. Was ihr hier macht, ist eine vorläufige Festnahme ins Polizeigewahrsam nach 127 zwo StPO.« Dass er sich in ihrem Metier auskannte, interessierte die beiden einen Dreck.

Er schaute sich um. Er war immer noch in dem Haus, in das Dennis ihn bestellt hatte. Sein Schädel dröhnte. Er erinnerte sich an einen Schlag auf den Kopf. Und er hatte eine Frau an einer Heizung sitzen sehen. Der Raum in dem vormals leeren Haus war jetzt belebt, Spurensicherer in weißen Einweg-Overalls liefen um die Frau unter dem Fenster herum. Sie trug unter einem Trenchcoat ein dunkelblaues Kleid aus feiner Wolle, Seidenstrumpfhosen und Lederstiefel. Er erkannte die Perlenkette, die Perlenohrringe, ihre kurzen blauschwarzen Haare. Auf ihrer Brust sah er Blut und mehrere Einschusslöcher. Taval schluckte. Er fühlte Tränen aufsteigen. Was war das denn? Das letzte Mal geweint hatte er, als seine Mutter ihm gesagt hatte, dass sein Vater gestorben war. Da war er acht Jahre alt gewesen. Das fehlte ihm noch, vor den Polizisten und der Spusi zum Heulen anfangen. Nicht, dass sie auf die Idee kamen, dass er das Opfer kannte. Noch nicht.

Das Büro lag im Dachgeschoss des Kieler Kommissariats. An einem Garderobenständer hing eine schwarze schusssichere Weste, unter der Dachschräge stand ein lila Sofa. Taval fühlte sich unwohl. Seine Klamotten waren in der Spurensicherung, und für ihn hatte es angeblich nur noch einen dunkelgrünen Trainingsanzug und braune Lederslipper gegeben. Das Sweatshirt und die Hose des altmodischen Trainingsanzugs saßen knapp und ließen seine Hand- und Fußgelenke frei. Ein Mann in zu kurzen Hosen sah albern aus, hatte seine Ex immer gesagt. Und er hatte ihr zugestimmt.

»Nehmen Sie Platz.« Ein drahtiger Mann Anfang vierzig wies auf einen Stuhl neben seinem Schreibtisch. »Oberkommissar Reiter«, stellte er sich vor. Dann setzte er sich auf seinen Schreibtischstuhl, lehnte sich zurück und verschränkte die Hände hinter dem Kopf. Er machte keine Anstalten, Taval die Handschellen abzunehmen, und forderte auch seinen Kollegen Oleschewski nicht dazu auf. Der hatte sie Taval angelegt, als er ihn aus der Zelle hierher gebracht hatte. Immerhin vor dem Körper.

Taval spürte Wut aufsteigen und ballte seine Hand zur Faust. Reiter hätte zu ihm in die Zelle kommen können, für das, was jetzt kam. Er wusste genau, dass Taval nichts zur Sache sagen würde. Kein Polizist in seiner Situation, ob ehemalig oder noch im Dienst, würde auf einen Anwalt verzichten. Und Reiter hatte mittlerweile seine Angaben zur Person ganz sicher überprüfen lassen, oder er führte eine totale Gurkentruppe. Taval versuchte, sich auf seinen Atem zu konzentrieren.

»Sie sind verdächtig, eine Frau erschossen zu haben, und es wird gegen Sie ermittelt«, eröffnete Reiter das Gespräch.

»Ich will meinen Anwalt sprechen.« Während der erkennungsdienstlichen Behandlung hatte Taval Dr. Tobias Termühlen auf die Mobilbox gesprochen. Klar, es war Freitagabend, da hatte der sicher Besseres zu tun, als an sein Blackberry zu gehen. Aber vielleicht war er auch schon aus Hamburg auf dem Weg nach Kiel.

Reiter schaute Taval an und schwieg, beugte sich über seinen Schreibtisch, schob eine rote Laufmappe von links nach rechts, rückte ein paar Kugelschreiber in einem Kaffeebecher zurecht und sah wieder zu Taval.

»Wie heißen Sie?«

»Jesper Taval. Ich komme aus Hamburg. Können Sie überprüfen.« Angaben zur Person machte er, darüber hinaus sagte er nichts.

»Sie sind ohne Papiere aufgegriffen worden«, stellte Reiter nach einem Blick in die Laufmappe fest. Wahrscheinlich die Vorgangsmappe für den Staatsanwalt. Tavals Vorgangsmappe.

Natürlich ihr Clowns, dachte Taval. Er war in Laufklamotten unterwegs gewesen. Nahmen die ihren Ausweis zum Laufen mit? Aber er schwieg.

»Ja, Ex-Kollege Taval.« Das Ex betonte Reiter. Sie hatten seine persönlichen Daten also doch überprüft.

»Na, Ihr könnt ja doch was.« Taval blickte von Reiter zu Oleschewski und wieder zurück. »Seid also keine Gurkentruppe und habt meine Personalien überprüft. Geht doch!«

»Was haben Sie in dem Haus gemacht, wo wir Sie gefunden haben, unweit einer Toten?« Reiter ließ sich nicht provozieren. »Die Frau war gerade eine Stunde tot, als wir sie dort fanden.«

»Ohne meinen Anwalt sage ich nichts.« Wenn die ihn unter Tatverdacht festnahmen, sagte er keinen Ton.

»Dann bleiben Sie die Nacht über hier«, erwiderte Reiter genüsslich. »Wir prüfen, ob es noch weitere Hinweise gibt und wir sie dem Haftrichter vorführen können.«

Taval schwieg.

»Sie wissen ja, dass wir Sie bis Sonntag hierbehalten können.«

»Ich will jetzt zurück in meine Zelle.« Taval konnte seine Wut nur noch schwer unterdrücken.

Reiter ließ sich Zeit mit einer Antwort. Er klappte die rote Mappe zu. Dann schaute er mit einem verächtlichen Gesichtsausdruck zu Taval. »Tief gefallen, Herr Taval: Auf Bewährung draußen, die Pension verloren, tatverdächtig als Mörder.« Er schien jedes dieser Worte auf seiner Zunge zu schmecken, und er schien den Geschmack zu mögen.

Taval hielt sich mühsam zurück. Nur nicht provozieren lassen. Er konzentrierte sich auf die Kugelschreiber im Becher. Auf dem Becher prangte ein Katzenfoto. Er überlegte, nach Cleo zu fragen, hielt aber weiterhin den Mund. Er konnte sich lebhaft vorstellen, wie sich das ganze Revier über den Typen lustig machte, dem seine Muschi weggelaufen war.

»Wie kommt man eigentlich damit zurecht, ein Kollegenverräter zu sein?«

Das war ein Schlag unter die Gürtellinie, da half auch die Konzentration auf die Kugelschreiber nicht mehr. Taval faltete seine Hände, sprang auf und rammte sie in Reiters Gesicht. Er traf die Nase. Sie brach krachend, Blut spritzte.

Im Zellentrakt war es ruhig, in den Straßen von Kiel hatte die Polizei noch keine Betrunkenen aufgesammelt. Taval ging drei Schritte über den Estrichboden der engen Zelle und wieder drei Schritte zurück. Sie beschuldigten ihn, seine Anwältin Nicole getötet zu haben. Drei Schritte. Jemand hatte ihn niedergeschlagen. Drei Schritte. Ihm die Tatwaffe in die Hand gelegt. Taval starrte auf die graue Zellenwand. Er hatte Reiter geschlagen. Taval schwitze. Der kleine Raum war warm, wie an einem drückenden Sommertag, und ein Fenster zum Lüften gab es nicht. Wenn Reiter ihn wegen Körperverletzung anzeigte, verlor er seine Bewährung und ging für 13 Monate in den Knast.

Er zog die Lederslipper und das Sweatshirt aus. Dabei taten seine Rippen weh. Oleschewski hatte fest zu getreten, nachdem er ihn niedergerissen und von Reiter entfernt hatte. Taval setzte sich auf das Bettgestell aus Holz. Er musste auf Termühlen warten. Der würde nicht verstehen, dass er die Beherrschung verloren hatte. Der sportliche Anwalt war die Selbstbeherrschung in Person.

Tavals Blase drückte. Er klingelte und musste auf einen Beamten warten, der ihn zum Klo bringen würde. In der Zwischenzeit faltete er eine der zwei kratzigen Wolldecken als Kopfkissen zusammen und legte sich auf das Bett. Der Geruch von Desinfektionsmitteln hing in der Luft. Die Nachbarzelle wurde gerade gereinigt, wahrscheinlich hatte sich dort einer seinen Tag nochmal durch den Kopf gehen lassen.

Taval, du bist ein Vollidiot! Die Katze einfangen,

was für eine absurde Nummer. Er hatte gezögert, Dennis' flehender Bitte zu folgen. Aber er hatte Verzweiflung und Angst in seiner Stimme gehört. Da wäre er sich schäbig vorgekommen, ihn hängen zu lassen. Und jetzt hatte Dennis ihn hängen lassen. Der sollte sich besser warm anziehen, wenn Taval ihn sich vorknöpfte.

Wollte Dennis ihm den Mord an Nicole anhängen? Nicole hatte Taval vor ein paar Monaten gebeten, sich um einen ihrer Klienten zu kümmern. Dennis war in Hamburg auf die schiefe Bahn geraten und hatte mit seiner Hilfe, die Kurve gekriegt. Und das, Taval, ist eines der wenigen Dinge, auf die du in letzter Zeit stolz sein kannst.

Sein Kopf brummte, er ertastete eine Beule. Wenn er bewusstlos gewesen war, hatte er bestimmt auch eine Gehirnerschütterung. Da war eine ruhige Nacht in einer überhitzten Zelle fast wie eine Nacht im Krankenhaus.

Heute kam er hier nicht mehr raus, das war ihm klar. Reiter würde ihn schmoren lassen, solange das Gesetz es zuließ. Das hätte Taval umgekehrt genauso gemacht. Wenn er Glück hatte, hörte Termühlen sein Blackberry Samstagvormittag ab. Wenn er Pech hatte, hatte Termühlen sich das Wochenende frei genommen.

Seine Zellentür wurde aufgeschlossen.

»Was wollen Sie?«, fragte ein Beamter.

»Pinkeln.«

Am Sonnabendmorgen saß Taval in einem Raum im Polizeirevier, der mit dem Tisch, mehreren Stühlen, einem Müllbehälter und Termühlen eng gefüllt wirkte.

»Danke, dass Sie so früh am Morgen nach Kiel gekommen sind.« Es war gegen acht, da musste Termühlen in Hamburg spätestens um sieben Uhr losgefahren sein. Taval sah dem Anwalt in die Augen. »Trauen Sie mir einen Mord zu?«

»Grundsätzlich traue ich jedem alles zu«, sagte Termühlen. »Sie wären nicht der erste Mörder, den ich vor Gericht vertreten würde.«

Taval schluckte. Das wusste er, einige von Termühlens Fällen waren durch die Presse gegangen. »Ich werde verdächtigt, Nicole Berger erschossen zu haben.«

Termühlen verzog keine Mine. »Haben Sie Ihre Anwältin erschossen? Ein Motiv hätten Sie.«

»Nein!« Wie abgebrüht war der Mann eigentlich? Er hatte Taval Nicole empfohlen. Ließ ihn ihre Ermordung völlig kalt? »Ich war's nicht.«

»Berichten Sie!«

Taval erzählte, dass Nicole ihn mit nach Kiel genommen hatte. Dass sie während der Autofahrt noch hatte arbeiten wollen, weshalb er ihren alten Benz bis zu Silvia Allensteins Wohnung gefahren hatte. Wie sie dann, wohin auch immer, weitergefahren war. Und wie er sich dann beim Katzensitting blamiert hatte und schließlich in der stickigen Zelle gelandet war.

Der Anwalt hörte mit versteinerter Mine zu und tippte auf seinem Laptop. Draußen hörte Taval ein Auto über Kopfsteinpflaster fahren.

»Wenn Sie nicht geschossen haben, dürften keine Schmauchspuren an Ihnen oder Ihrer Kleidung gefunden worden sein. Damit sehe ich keinen Grund, Sie hier weiter festzuhalten«, stellte Termühlen nüchtern fest. »Auch wegen des gebrochenen Nasenbeins nicht. Lassen Sie sich von einem Arzt untersuchen, der die Rippenprellung dokumentiert. Dann können wir Reiter vielleicht dazu bewegen, keine Anzeige zu erstatten.« Er schaute Taval durch seine randlose Brille tadelnd an. »Was ist in Sie gefahren?«

Taval starrte vor sich auf den grauen Tisch und schwieg. Er wusste, worauf Termühlen hinaus wollte. Reiter brannte wahrscheinlich darauf, ihn ans Messer zu liefern. Was das bedeutete, hatte er letzte Nacht am eigenen Leib erfahren und konnte er immer noch riechen. Angstschweiß.

»In der Mordermittlung rate ich Ihnen, sich zur Sache einzulassen und mit der Polizei zu kooperieren.« Termühlen sah ihn immer noch an. »Natürlich nur mit mir an Ihrer Seite.«

Taval hob den Kopf und nickte.

»Dann sollten wir jetzt gleich mit den Kommissaren sprechen.«

Als Taval wieder nickte, stand Termühlen auf. Dann setzte er sich wieder. »Eins noch, Taval. Ich kann mir vorstellen, dass es Sie in den Fingern juckt, aber halten Sie sich raus. Lassen Sie die Polizei ermitteln! Den Widerruf ihrer Strafaussetzung sollten Sie nicht durch weitere unüberlegte Manöver riskieren.«

# DREI

Taval stand vor dem Polizeirevier, einem mächtigen roten Backsteingebäude, und fröstelte in dem alten Trainingsanzug. In der Ferne schlug eine Kirchturmglocke. Zehn Uhr verriet ein Blick auf sein Telefon, keine Nachricht von Dennis. Er wischte auf seinem Smartphone und fand Dennis' Nummer. Die Mailbox ging ran.

»Taval hier. Melde dich! Sofort!« Er tippte auf den roten Hörer, atmete die frische Luft ein, nicht zu tief. Die Rippe schickte einen Schmerzensgruß.

»Lust auf einen anständigen Kaffee?«, hörte er Kommissarin Hardenberg plötzlich neben sich.

»Was?« Er starrte die attraktive Blondine an. Die Kommissarin, die ihn eben noch befragt hatte, trug jetzt einen kurzen braunen Ledermantel, dessen Gürtel sie eng um ihre Taille geschlossen hatte. Er wünschte sich, er wäre in einem appetitlicheren Zustand und würde nicht immer noch in diesem lächerlichen Trainingsanzug stecken.

»Die Revierplörre, wie Sie unseren Kaffee genannt haben, wollten Sie nicht. Sie sind doch kein Teetrinker?« Sie ging los, ohne Tavals Antwort abzuwarten.

Was wollte sie von ihm? Wollte sie etwas aus ihm herausbekommen, was er in Gegenwart seines Anwalts nicht gesagt hatte? Andererseits, wenn er rausfinden wollte, wer ihm das eingebrockt hatte, konnte Kontakt zur hiesigen Kripo nicht schaden.

»Auf dem Exer ist sonnabends Wochenmarkt. Dort gibt es den besten Kaffee der Stadt«, sagte Hardenberg und schien wenig überrascht, dass er mitkam.

Schweigend gingen sie an Mietshäusern entlang, die deutlich niedriger waren als die Häuser in Hamburg. Sollte er doch einfach zurückfahren und der Polizei die Arbeit überlassen? Sie hatten ihn gehen lassen, wie Termühlen vermutet hatte. Aber seine Fingerabdrücke waren auf der Waffe gewesen, und er galt immer noch als Verdächtiger.

Sie überquerten eine breite Kreuzung an einer grünen Fußgängerampel. Dann betraten sie einen asphaltierten Platz. Dort hatten Händler ihre Obst- und Gemüsestände aufgebaut.

Hardenberg eilte zwischen den Marktkunden mit ihren Taschen und Körben hindurch. Vor einem Lastenfahrrad mit Kaffeemaschine blieb sie stehen. Drei Barristas machten Kaffee, trotzdem war die Schlange der Wartenden lang.

»Das Anstehen lohnt sich«, sagte Hardenberg.

»Was willst du von mir?« Taval beschloss, zum Angriff überzugehen, und sah der groß gewachsenen Kommissarin in ihr unbewegliches Gesicht. Dabei entdeckte er kleine Lachfältchen um ihre Augen.

»Ich weiß, dass du ermitteln wirst. Ich will, dass du mich informierst, wenn du etwas rausfindest.«

Taval schielte auf sein Smartphone in der Hosentasche. Immer noch nichts von Dennis. »Was ist für mich drin?«

»Was möchtet ihr trinken?«, unterbrach eine junge Frau aus dem Kaffeeteam.

»Einen Americano, zwei Kaffee Latte und einen Flat White«, bestellte Hardenberg.

»Ich nehme einen Americano«, sagte Taval. Die Kommissarin holte Kaffee für ihr Team. Taval, wie konntest du annehmen, sie wollte mit dir Kaffee trinken? Er griff in seine Taschen, in denen er neben dem Telefon nur dessen Halter und den Schlüssel zu Silvia Allensteins Wohnung fand.

»Ich übernehme das«, sagte die Kommissarin belustigt. Sie zahlte und nahm ein Papptablett mit vier Kaffeebechern entgegen. »Taval, ich muss ins Büro zurück. Einsatzbesprechung. Ruf mich an, wenn du was rausgefunden hast.« Sie nickte ihm zu und verschwand in Richtung Kommissariat.

Er sah ihr nach und trank seinen Kaffee. Der war wirklich gut. Einsatzbesprechung hatte sie gesagt. Er warf den leeren Becher in den Müll. Die Kripo hatte sicher begonnen, in Nicoles Hamburger Umfeld zu ermitteln. Er zog sein Smartphone aus der Tasche. Vielleicht hatten seine Ex-Kollegen in Hamburg Informationen, die ihm bei der Suche nach Nicoles Mörder weiterhalfen. Aber er war Tatverdächtiger in einem Mordfall. Da konnte er sich an allen zehn Fingern abzählen, dass sein Telefon überwacht wurde. Taval versenkte das Gerät wieder in der dunkelgrünen Hosentasche. Er musste Reiter nicht gleich mit der Nase darauf stoßen, dass er auf eigene Faust ermittelte. Dann zog er das Handy doch aus der Tasche. Dennis hatte immer noch nicht angerufen. Aber vielleicht hatte er etwas auf Facebook gepostet. Taval war dort mit ihm befreundet, und Dennis teilte der Welt regelmäßig mit, wie es ihm ging und wo er gerade war. Nach einer 3G-Ewigkeit hatte sich die Seite aufgebaut. Taval loggte sich ein und tatsächlich. Vor einer halben Stunde hatte Dennis ein Foto eingestellt: trainierend im Cityfitclub.

Taval hatte das Pumpen an Maschinen vor langer Zeit gegen High Intensity Training mit dem eigenen Körpergewicht getauscht, aber er erinnerte sich noch gut an seine Zeit im Fitnessstudio. Eines roch wie das andere nach Schweiß, Muskelaufbau und Testosteron. Der Cityfitclub neben dem Kieler Bahnhof machte da keine Ausnahme. Taval hatte der Empfangsmaus in dem engen roten T-Shirt erzählt, dass er sich beim

Müllrunterbringen ausgesperrt hatte und in dem peinlichen Aufzug durch die ganze Stadt gelaufen war, um sich den Schlüssel von seinem Mitbewohner zu organisieren. Und sie hatte die elektronische Eingangssperre geöffnet und ihn in den Trainingsbereich gelassen.

Er fand Dennis im Freihantelbereich. Sechs Männer und eine Frau führten scheinbar gleichmütig ihre Übungen aus und kontrollierten ihre Bewegungen mit konzentriertem Blick auf ihr Gegenüber im Spiegel. Dennis lag rücklings auf einer Bank mit einer Langhantel über der Brust. Ein Typ mit kunstvoll ausrasiertem Backenbart stand am Kopfende und passte auf, dass die 90 kg, die Dennis stemmte, ihm nicht auf die Brust knallten, wenn die Erschöpfung einsetzte.

»Ich übernehme.« Taval stellte sich neben den Rasierten. »Hey, Dennis!«

»Hey Taval, Mann, gut dich zu sehen. Danke Kerím, mein Freund Taval übernimmt.«

Kerím nickte knapp, ging aber nur ein paar Meter weiter und nahm sich zwei Gewichte. Er beobachtete Taval und Dennis während er seine Schultern mit den Gewichten in den Händen bis zu den Ohren hochzog und wieder absenkte.

Taval stellte sich hinter die Bank und Dennis senkte ein weiteres Mal die Langhantel auf seine Brust.

»Wieso gehst du nicht an dein Handy?«, zischte Taval.

»Akku leer.« Dennis trainierte weiter. Ganz die Unschuld in Person.

Taval packte das Trainingsgerät und drückte es nach unten. Dennis stemmte sich dagegen: »Lass das, Mann! Was soll das?«

Die anderen Trainierenden drehten sich zu ihnen, und Kerím legte seine Gewichte zurück auf den Ständer.

Taval ließ los und trat einen kleinen Schritt zurück. »Warum hast du mich zum Haus bestellt?«

»Taval, sorry, ich brauchte deine Hilfe.«

»Du brauchtest ein Bauernopfer.«

Kerím kam herüber. »Ist hier bei Euch alles klar?«

»Halt dich raus!«, herrschte Taval ihn an, und Kerím zog ab.

Dennis hatte die Hantel abgelegt und sich aufgesetzt. »Taval, was regst Du dich so auf?«

»Ich reg mich auf? Ich reg mich auf, weil ich die letzte Nacht in einer Zelle verbracht habe.«

»Du hast die Katze nachts alleine gelassen? Bist du total wahnsinnig? Tante Silvia wird ausflippen.«

Taval griff Dennis am Arm. »Dennis, hast Du Nicole Berger erschossen und mir den Mord in die Schuhe geschoben?«

»Bist du irre, was redest du da? Warum sollte ich …?« Dennis schaute verstört. »Die Berger ist tot? Wieso?«

Taval drückte Dennis' Oberarm fester. »Das will ich von dir wissen. Also spuck's aus! Warum hast du mich zum Haus bestellt?«

»Ich, also ich, ach Scheiße, Mann. Ist Nicole Berger wirklich tot?« Dennis sackte in sich zusammen.

»Ja.« Taval drückte noch kräftiger.

»Ich hab Scheiße gebaut. Aber ich hab sie nicht getötet. Ich hab …«

»Lassen Sie den Mann los!« Taval sah auf, vor ihm zwei Männer in Schwarz. Sicherheitsdienst. Sofort ließ er von Dennis ab.

»Der Mann hat mich belästigt und mir den Oberarm gequetscht.« Dennis hat seine Chance gesehen und ergriffen, dachte Taval wütend.

»Wir haben uns unterhalten, das ist alles.« Jetzt schön sachlich bleiben und den Jungs vom Sicherheitsdienst keinen Anlass geben, ihn hart anzupacken. Seine Rippe und sein Kopf schmerzten genug.

»Unterhalten? Du hast mich bedroht!« Dennis haute voll rein in die Kerbe.

»Verlassen Sie sofort den Club!«, forderte einer der Sicherheitsjungs.

»Ich kann auch nachhelfen.« Der andere griff nach Tavals Arm.

Der entzog sich, aber der erste hatte ihn schon erwischt und den Arm auf den Rücken gedreht. »Wir gehen jetzt raus. Übrigens: Du solltest duschen. Gut gemeinter Rat!«

Auf dem Bahnhofsvorplatz neben dem Cityfitclub entdeckte Taval ein öffentliches Telefon. Da er bei Dennis nicht weiter kam, wollte er seine Kollegen in Hamburg anrufen. Das Münztelefon schien zu funktionieren, aber er hatte keinen Cent in der Tasche.

Ein Mann mit tadellos sauberem Blouson und eine Frau in sandfarbenem Trenchcoat gingen Arm in Arm über den Platz. Ihre weißen Kurzhaarfrisuren schlossen sich wie Helme um ihre Köpfe. Die Frau musterte Taval von oben bis unten und wieder zurück. Sie rümpfte die Nase, als es einen Windstoß gab. Taval selbst stieg ein schneidender Geruch in die Nase.

»Ha'm Sie mal 'nen Euro für'n Obdachlosen? Ich sauf auch nicht.« Er schlurfte zu dem Paar.

Die Frau kramte in ihrer Tasche und holte ein Portemonnaie hervor. Sie kaufte ihm die Nummer tatsächlich ab. Der Mann zog sie am Arm.

»Lass mich. Ich habe entschieden, dem Mann etwas zu geben.« Sie kramte umständlich und gab ihm 50 Cent.

»Das reicht.« Der Mann versuchte sie wegzuziehen.

»Nein! Er hat nach einem Euro gefragt und den bekommt er auch von mir.« Seelenruhig gab sie Taval noch 20 Cent und dreimal zehn.

»Danke.« Taval ging zum Telefon zurück. Das dürfte reichen, um seine ehemalige Kollegin Andrea Schön anzurufen. Bevor er zum MEK konnte, hatte er ein halbes Jahr Dienst mit ihr in der Mordkommission geschoben. Er suchte Schöns Nummer in seinem Smartphone, warf seine Münzen in den Schlitz am Telefon und tippte die Nummer ein. Vor dem Bahnhof beobachtete er zwei Raucher in Jeans, T-Shirts und dicken olivgrünen Bomber-Jacken.

»Schön«, meldete sich die ehemalige Kollegin mit ihrer kräftigen Stimme.

Die Jacken waren um die Hüften von einem Holster ausgebeult. Polizisten? »Hallo Andrea, Taval hier …«

»Du hast Nerven! Nach dem, was du dir geleistet hast, traust du dich, hier anzurufen? Ruf mich nie wieder an! Nie wieder!«

Mist. Die war sauer. Und 50 Cent waren auch weg. Mann, war öffentlich telefonieren teuer.

Die Raucher sahen zu ihm herüber. Gehörten die zu Reiters Leuten? Wahrscheinlich wurde er schon paranoid. Die Personaldecke der Kieler Polizei war vermutlich nicht so dick, als dass sie ihn beschatten konnten. Vor allem würden sie das nicht so auffällig machen. Oder?

Taval, rief er sich zur Räson, wen könntest du noch anrufen? Hinter ihm wartete niemand. Die konnten ja alle mit ihrem Handy telefonieren. Er scrollte durch seine Kontaktliste. Bernie Ubbe, heute Hauptkommissar der Hamburger Schutzpolizei, früher ein Stubenkamerad beim Bund. Taval wählte die Nummer von Ubbes Dienststelle und wurde weiter verbunden. Er hatte Pech. Bernie war nicht da, und sein Geld war alle.

# VIER

In Silvia Allensteins katzenloser Wohnung stand Taval eine halbe Stunde unter der Regendusche. Das heiße Wasser spülte ihm die Nacht in der Zelle vom Körper und die Kälte des Vormittags aus seinen Knochen. Er musste weiter nach Dennis suchen. Und vorher wollte er nochmal versuchen, Bernie zu erreichen.

Mit einem großen schiefergrauen Badetuch rubbelte er sich schließlich trocken. Er schlüpfte in seine Jeans und schloss den Gürtel. Über ein enges weißes T-Shirt zog er einen schwarzen Wollpullover und zupfte dessen Nähte über der Schulter gerade. Endlich wieder passende Klamotten. Jessi hatte sie mit ihm eingekauft. Ihr war wichtig, dass Kleidung gut saß. Sie war Filialleiterin in einem Hamburger Modeladen. Seinen legeren Stil hatte sie Taval gelassen, dafür aber seinen Blick für anderer Leute Kleidung geschärft. Ach Mensch, Jessi.

Er ignorierte die Kaffeeflecken auf dem Küchentresen und schaute sich um. In Silvias Wohnzimmer war kein Festnetztelefon zu sehen. Dafür fand er ein schnurloses Gerät auf dem Glasschreibtisch in ihrem Arbeitszimmer. Daneben lag ein dickes Buch.

Taval setzte sich auf den weißen Lederschreibtischstuhl und wählte Ubbes Nummer. Das Freizeichen ertönte. Er griff nach dem Wälzer. Irgendwas über Juristen in der Nazizeit. Silvia Allenstein hatte schon spezielle Interessen. Ubbe meldete sich. Und Taval lehnte sich in dem Schreibtischstuhl zurück, dessen Rückenlehne unter seinem Gewicht sanft nachgab.

»Mensch Taval, das ist ja ewig her. Sag mal, stimmt es, dass du raus bist?«

»Ja Bernie, das stimmt. Und ja, ist meine Schuld.«

»Böse Sache, Taval.«

»Ich brauche deine Hilfe, Bernie.«

Schweigen am anderen Ende der Leitung. Tavals Blick fiel auf eine kleine Fotoserie an der Wand neben dem Schreibtisch. Bilder von Cleo, die aussahen, als wären sie von einem Profifotografen gemacht worden.

»Hm, ich hör mir's an und entscheide dann«, sagte Bernie endlich. »Fass dich kurz, ich hab noch einen Berg Schriftkram zu erledigen.« Das war immerhin etwas. Bernie war direkt, klar im Umgang und wenn er Hilfe zusagte, bekam man die auch.

»Meine Anwältin Nicole Berger ist ermordet worden, und jemand will mir das anhängen. Ich bin der heiße Verdächtige der Kieler Kripo.« Taval atmete flach und wartete gespannt, wie Bernie die Nachricht aufnahm.

»Deine Name bedeutet neuerdings Ärger, kann das sein? Hast du sie getötet?« Sein Tonfall hatte sich nicht geändert.

»Nein! Aber ich will wissen, wer. Kannst du mir Informationen über die Ermittlungen der Hamburger Kripo besorgen oder mir einen Kontakt vermitteln?« Taval hielt den Atem an und fixierte eines der Katzenbilder an der Wand.

»Das ist ein ganz schön großer Gefallen für einen Ex-Kollegen, und illegal ist er auch. Informationen aus laufenden Ermittlungen weitergeben ist fast wie Geheimnisverrat.«

Taval schluckte. Da hatte Bernie recht. Und wohin das führen konnte, wussten beide. »Sorry Bernie, ich wollte dir keinen Ärger machen.«

Der Türgong säuselte. Wer war das jetzt schon wieder? Taval ging mit dem Telefon am Ohr zur Wohnungstür.

»Bist du unter der angezeigten Nummer zu erreichen?«, fragte Bernie. »Du warst hoffentlich so klug, von keinem überwachten Apparat aus anzurufen.«

»Danke, Bernie.« Im Videodisplay sah Taval einen jungen Mann unten am Haus. Der trug einen merkwürdigen Anzug, eher eine Art Uniform. Unter seiner linken Achsel klemmte eine Schirmmütze.

»Ich sage nicht, dass ich dir helfe. Aber ich denke darüber nach und schaue, was ich tun kann.«

Taval bedankte sich abermals bei Bernie und verabschiedete sich. Dann drückte er den Knopf der Gegensprechanlage. »Was wollen Sie?«

»Guten Tag, Herr Taval.« Der Uniformträger schaute Taval auf dem Display entgegen. »Ruth Allenstein möchte Sie sprechen.«

»Äh ja. Dann kann sie hochkommen.«

»Ich soll Sie abholen und zu ihr bringen. Ich warte hinterm Haus beim Wagen auf Sie.«

»Ach so? Ok.« Wer immer diese Frau aus der allensteinschen Familie war, eine interessante Art der Kontaktaufnahme war das allemal. Und vielleicht konnte sie ihm sagen, wo er Dennis fand. Taval zog seine Boots an und warf sich seinen schwarzen Kurzmantel über.

Der Chauffeur hatte den Wagen, einen silbernen Jaguar, auf dem Besucherparkplatz hinter dem modernen Wohnkomplex geparkt, in dem Silvias Wohnung lag. Er öffnete für Taval eine der Türen zum Rücksitz. Taval ging um den Wagen herum und setzte sich auf den Beifahrersitz. Mit Autofahren kannte er sich aus, mit Chauffeuren nicht. Der Chauffeur schloss kommentarlos die Fond-Tür und setzte sich hinter das Steuer des teuren Wagens.

»Warum will Ruth Allenstein mich sprechen?«, begann Taval ein Gespräch.

»Das tut mir leid. Darüber kann ich Ihnen keine Auskunft geben. Ich bin über den Anlass Ihres Treffens nicht informiert.« Ruhig fuhr er den Jaguar aus der Ausfahrt und fädelte sich in den Verkehr auf der Uferstraße ein.

»Wohin fahren wir?«

»Frau Allenstein erwartet sie im Club.« Der Chauffeur machte ein höflich distanziertes Gesicht.

»Arbeiten Sie schon lange für Frau Allenstein?« Taval ließ sich von der glatten Antwort nicht abhalten.

»Seit fünf Jahren, Herr Taval.« Sie fuhren an einem Studentenwohnheim vorbei.

»Dann kennen Sie doch bestimmt auch Dennis.«

»Aber natürlich kenne ich den Enkel von Frau Allenstein.« Er ließ sich nicht anmerken, was er von Dennis halten könnte.

»Sie wissen nicht zufällig, wo der Kerl steckt?«, versuchte Taval sein Glück.

»Das ist mir nicht bekannt.« Mit weiterhin unbewegter Miene konzentrierte sich der Fahrer auf die Straße. So kam Taval nicht weiter.

»Toller Wagen. Das muss ein cooler Job sein, den ganzen Tag mit so einem Auto unterwegs zu sein.« Taval strich über das Wurzelholz des Armaturenbretts. »Wie viel hat er denn unter der Haube?«

»221 kW und eine ruhige Straßenlage.« Der Chauffeur setzte den Blinker und hielt in einer Einfahrt vor einem weißen Gründerzeitgebäude mit einem Anbau aus Stahl und Glas. »Frau Allenstein erwartet Sie. Ich lasse Sie hier raus.«

So viel zu einem informativen Gespräch, dachte Taval beim Aussteigen. Und höflich benahm sich der Chauffeur ihm gegenüber auch nicht mehr. Öffneten diese Typen einem nicht normalerweise die Tür beim Verlassen des Wagens? Dieser hier wartete einfach, bis Taval ausgestiegen war, fuhr den Jaguar weiter auf den Parkplatz und parkte ihn zwischen einem SUV und einem schwarzen Mercedes. Dann stieg er aus dem Jaguar aus und in den SUV ein.

Taval versteckte sich hinter einem Pflanzenkübel. Im SUV saß ein Mann in hellblauem Feinstrick-Pullover. Er reichte dem Chauffeur einige Geldscheine und klopfte ihm jovial auf die Schulter. Taval erkannte Wolfgang Allenstein.

»Bitte setzen Sie sich.« Ruth Allenstein machte von ihrem Rollstuhl aus eine knappe Geste mit der linken Hand über die strahlend weiß gestärkte Tischdecke.

Taval setzte sich der alten Dame gegenüber an den Tisch. Obwohl das Restaurant jetzt zur Mittagszeit bis auf den letzten Platz besetzt war, hörte er nur gedämpfte Gespräche. Am Nachbartisch servierte ein Kellner einem Gast in gehobener Freizeitkleidung einen Teller mit Rührei, Krabben und Schnickschnack. Tavals Magen knurrte. Der Chauffeur hatte ihn abgeholt, bevor er sich was Nahrhaftes zwischen die Zähne hatte schieben können. Frau Allenstein schien sich mit einem Tee zu begnügen. Vielleicht hatte sie schon gegessen, und das Kännchen Tee und die Plätzchen auf dem feinen Porzellanteller waren ihr Dessert.

Der Kellner kam nun auch an ihren Tisch und fragte nach seinen Wünschen.

»Ich möchte das, was der Mann am Nebentisch isst.« Er zeigte auf das Rührei.

»Einmal das Seglerfrühstück. Sehr gerne, der Herr. Möchten Sie Ihr Rührei …«

»Herr Taval, ich habe Sie nicht zu Ihrem Vergnügen hierher fahren lassen«, unterbrach Ruth Allenstein recht rüde die Bestellung.

»Locker, aber nicht zu trocken. Dazu einen Espresso und ein Glas Wasser, bitte«, ließ er sich nicht stören. Dann wandte er sich Frau Allenstein zu: »Ich hätte nicht herkommen brauchen, wenn ich nicht gewollt hätte. Das wissen wir beide.«

»Aber dennoch sind Sie hier. Sie sind neugierig, was die alte Allenstein von Ihnen will. Außerdem wollen Sie wissen, wer versucht, Ihnen einen Mord in die Schuhe zu schieben«, sagte sie wie beiläufig in Richtung Förde, auf der ein altes Dampfschiff an einer modernen Segelyacht vorbeizog.

»Wie kommen Sie darauf?«, fragte er misstrauisch. Die Frau war bestimmt schon über 90, aber von Altersmilde sah er keine Spur.

Sie warf ihm einen abschätzigen Blick zu. »Ich bin von der Polizei befragt worden. Mir gehört das Haus, in das Sie eingebrochen sind und in dem jemand eine Frau ermordet hat.«

Das Haus gehörte Dennis' Großmutter. Verdammt, wo hatte der Kerl ihn hineingezogen? Taval versuchte, sich nichts anmerken zu lassen.

Frau Allenstein redete weiter: »Ich habe Kontakte. Mein Mann war Anwalt. Und ich kenne ein paar einflussreiche Menschen hier in der Stadt.«

Daran hegte er keinen Zweifel. Der Chauffeur, ihr Gehabe, dieses Restaurant. Ruth Allenstein gehörte zur gutbürgerlichen Oberschicht der Stadt. An ihrer altrosa Twinset-Jacke steckte ein Pin, der sie als Mitglied eines dieser Serviceclubs adelte, die sich ehrenamtlich engagierten.

»Wenn Sie so gut informiert sind, dann wissen Sie sicher auch, dass ich als tatverdächtig gelte und die letzte Nacht in einer Zelle verbracht habe.« Er ergriff die Flucht nach vorn.

Die Frau strich mit ihrer faltigen Hand über die Tischdecke. »Herr Taval, kannten Sie Nicole Berger?«

»Frau Allenstein, lassen Sie diese Spielchen. Sie wissen doch genau, dass ich sie kannte. Sie war meine Anwältin.«

Der Kellner kam und stellte einen Espresso, ein Glas Wasser und einen Porzellantopf mit Zuckertütchen vor Taval auf den Tisch. Der nickte ihm dankend zu.

»Sie scheinen ein Mann zu sein, der eine Situation einschätzen kann. Das gefällt mir. Da stellt sich mir natürlich die Frage, wie Sie sich in der Sache mit dem MEK so dermaßen vertun konnten.« Sie nahm einen Schluck von ihrem Tee.

Er taxierte Ruth Allenstein. Sie hatte sich über ihn informiert, umfassend wie es schien, dachte er nicht ohne ein bisschen Respekt. Er musste auf der Hut sein, durfte sich keine Blöße geben. Das hatte er im Gefühl.

»Sie wollen doch sicher nicht für den Rest Ihres Lebens Katzen hüten?«, setzte sie nach.

»Was geht Sie das an?« Er nahm ein Zuckertütchen, riss es auf und schüttete den Inhalt in seinen Espresso. Er hasst Zucker im Kaffee, aber dieser schwarzen Brühe würde das nicht schaden.

»Herr Taval, ich mache Ihnen ein lukratives Angebot: Sie bekommen ein Flugticket nach Südamerika, eine neue Identität und eine Lebensstellung bei einer Spezialeinheit der Polizei in Argentinien.«

»Was?« Taval stieß beinahe die Espressotasse um, in der er gerade mit dem Löffelchen herumrührte. Was war das denn jetzt? Er starrte Ruth Allenstein an.

Sie sah ihm geradewegs in die Augen. »Überlegen Sie sich mein großzügiges Angebot gut. Soweit ich weiß, haben Sie nichts mehr zu verlieren, auch privat nicht.«

Er schaute auf seinen Espresso, nahm das Löffelchen heraus und legte es auf der Untertasse ab. »Und

was soll ich dafür machen?«
»Sie stellen sich der Polizei als Mörder von Nicole Berger.«

# FÜNF

Vor der Clubterrasse lag ein Hafenbecken, in dem nur noch wenige Segelschiffe festgemacht waren. Eine Regattayacht war darunter, eines von diesen Schiffen, das der reiche Eigner nur gelegentlich bei besonderen Rennen steuerte. Ansonsten kümmerten sich seine Kulis um das Schiff. Und wie ein Kuli fühlte sich Taval gerade. Der Katzensitter. Der Ersatz-Mörder. Mann, Mann, Mann, diese Bagage kotzte ihn an. Wenn die alte Allenstein ihm so ein Angebot machte, dann war da was faul. Dann hatte jemand aus der Familie seine Finger im Spiel bei Nicoles Tod. Ruth Allenstein hatte es sich nicht nehmen lassen, ihm auch noch mit ihren guten Kontakten ins Innenministerium zu drohen, sollte er ablehnen. Aber eins musste er ihr lassen: Sie war schlau. Sie bot ihm kein Geld, da hatte sie ihn richtig eingeschätzt. Sie bot ihm einen Job bei der Polizei.

»Taval, genießen Sie Ihre kurze Freiheit. Ich krieg Sie an den Eiern, darauf können Sie Gift nehmen«, drohte Kommissar Reiter plötzlich von der Seite. Er musste unbemerkt vom Parkplatz herübergekommen sein. Ein weißes Pflaster leuchtete auf seiner Nase. Der hatte Taval gerade noch gefehlt. Zum Glück ging er zielstrebig zur Eingangstür des Clubs.

»Ihnen auch einen schönen Tag«, rief Taval ihm hinterher. Blöder Sack, dachte er.

Von Oleschewski war weit und breit keine Spur zu sehen. Durch die Fenster des modernen Anbaus sah Taval, wie Reiter einen Handkuss bei Ruth Allenstein andeutete, sich setzte und von einer Kellnerin Tavals Rührei vor die Nase gestellt bekam. Sofort meldete sich Tavals Magen wieder.

Er wandte sich ab und sah zum Parkplatz hinüber. Wolfgang Allenstein war nicht mehr zu sehen, auch der SUV stand nicht mehr neben dem Jaguar. Nur der Chauffeur polierte an der Luxuskarosse herum. Mal sehen, ob Taval nicht von ihm etwas über die allensteinsche Familie in Erfahrung bringen konnte. Er musste dringend mehr über deren Machenschaften herausfinden, wenn er für sie nicht den Täter spielen wollte.

Er sprang die paar Steinstufen von der Terrasse hinunter, spürte seine geprellte Rippe und ging kurzatmig zum Parkplatz rüber.

»Sieht gut aus«, sagte er. Der Fahrer machte seinen

Job entweder sehr gerne oder er fand den Jaguar einfach wahnsinnig toll.

Der Chauffeur hielt inne und richtete sich auf.

»War das nicht eben Wolfgang Allensteins SUV?«, fragte Taval.

»Könnte sein.«

»Sie wissen nicht zufällig, wo ich ihn finde?«

»Kommt drauf an.« Der Chauffeur rieb Daumen und Zeigefinger aneinander.

»Zum Nordfriedhof.« Taval schnallte sich an.

»Bitte! So viel Zeit muss sein.« Die Taxifahrerin, eine robuste Frau in Jeans und dunkelblauem Sweatshirt, schaltete das Taxameter ein.

»Bitte. Ja, klar.« Er musste sich ja nicht gleich mit jedem anlegen. Die fuhr nicht erst seit gestern Taxi, und die Butter ließ sie sich garantiert auch nicht vom Brot nehmen. Das atmete sie aus jeder Pore ihres korpulenten Körpers.

»Ne ruhige Schicht heute«, sagte die Fahrerin Richtung Windschutzscheibe. Sie fuhr ruhig und konzentriert.

Sie passierten Silvias Wohnung, und Taval dachte an die Kaffee-Sauerei, die dort noch auf ihn wartete. Er stöhnte innerlich, als er an die Einladung dachte, die ihn vom Putzen abgehalten hatte.

»Sie kennen den Chauffeur der Allensteins?« Taval war aufgefallen, dass die Taxifahrerin ihn gegrüßt hatte, als sie auf dem Club-Parkplatz anhielt.

»Hinnerk? Der ist früher Taxi gefahren. Bevor er bei den Allensteins anfing.«

Marianne Müller las Taval auf dem Fahrausweis am Armaturenbrett. »Kennen Sie die Allensteins denn auch?«

Sie fuhren an einer Seebadeanstalt vorbei, deren Saison für dieses Jahr zu Ende war.

»Wieso wollen Sie das wissen?«

Tavals Handy vibrierte, er zog es aus seiner Hosentasche. Das Display zeigt eine ihm unbekannte Nummer an. »Taval«, blaffte er.

»Ich will umgehend meine Katze zurück, sonst zeige ich Sie an.« Silvia Allenstein schrie so laut durch das Handy, dass Taval das Gerät ein Stück von seinem Ohr wegnahm.

»Aha«, war alles, was ihm dazu einfiel.

»Was aha? Kommen Sie umgehend zu meiner Wohnung. Geben Sie den Schlüssel zurück und nehmen Sie Ihre stinkenden Kleidungsstücke mit.« Silvia Allenstein hatte aufgelegt.

Von der Kaffee-Sauerei hatte sie nichts erwähnt. Was machte die eigentlich in ihrer Wohnung? Sie sollte doch auf ihrem Schönheitswochenende sein? Wegen ihrer Katze würde sie ihn verklagen, da war sich Taval sicher. Er würde seine Sachen abholen und einen auf betroffen wegen der Katze machen. Das hatte er versaut, dazu musste er stehen. Dabei könnte er sie gleich zu Nicole und dem Mord befragen. Aber erst wollte er sich Wolfgang Allenstein vornehmen. Die Information, dass er ihn auf dem Friedhof finden würde, hatte er von dem Chauffeur für zwanzig Euro gekauft.

»Sie haben eine Katze geklaut?«, fragte die Taxifahrerin.

»Was?«

»Naja, ich habe eben gehört, dass eine Frau ihre Katze zurück will. Von Ihnen zurück will. Die Frau hat wirklich sehr laut gesprochen.« Sie parkte das Taxi hinter Allensteins SUV in einer Parkbucht vor einer Friedhofsmauer.

Leugnen oder die Geschichte erzählen? Taval konnte unbedingt Verbündete gebrauchen. Eine Taxifahrerin kannte sich in ihrer Stadt aus, und sie wusste, wie Menschen ticken. »Ich habe auf eine Katze aufgepasst, aber den Job habe ich vermasselt. Die Katze ist abgehauen.«

»Katzensitter? Ich dachte, Sie wären Bulle.« Sie war eine gute Beobachterin.

»War. Ich war ein Bulle, genauer MEKler. Ich heiße Taval.« Er reichte ihr die Hand.

»Mobiles Einsatzkommando, alter Schwede, nicht schlecht.« Sie nahm seine Hand. »Marianne, Taxifahrerin.«

Allenstein stand vor einem Grab mit einer Metalleinfriedung, frisch geharkten Blumenrabatten und einem großen Granitstein. Er hatte die Hände gefaltet und bewegte seine Lippen. Taval schlich sich näher an ihn heran, bis er die Grabinschrift lesen konnte. Das allensteinsche Familiengrab.

»Guten Tag, Herr Allenstein.« Taval sah auf den mächtigen Grabstein. Ein Herbert Allenstein war vor einem halben Jahr gestorben. Daneben war der Name Ruth Allenstein geborene Labenda in Stein gemeißelt, für ihr Sterbedatum war noch Platz.

»Was wollen Sie hier?« Allenstein nahm seine Hände auseinander. »Mich dabei stören, wie ich am Grab meines Vaters bete?«

»Nein. Auf keinen Fall. Ich will Ihnen ein paar Fragen stellen. Kannten Sie Nicole Berger?« Taval las Ruth Allensteins Geburtsdatum: 1921. Die Frau war steinalt.

»Das geht Sie nichts an.« Allenstein trat vom Grab zurück und ging zu dem Sandweg, der sich durch den ganzen Friedhof schlängelte.

»Wo finde ich Dennis?« Taval heftete sich an seine Fersen. Irgendetwas musste er von ihm erfahren.

»Ich werde einem mutmaßlichen Mörder sicherlich nicht sagen, wo sich mein Sohn aufhält.« Allenstein blieb stehen.

»Wo waren Sie Freitag, nachdem Sie in der Wohnung Ihrer Schwester aufgetaucht sind?« Taval richtete sich zu seiner vollen Größe auf, reichte ihm dennoch nur bis zum Kinn.

»Auch das geht Sie nichts an.« Allenstein schaute auf Taval runter. Er schien seine Überlegenheit zu genießen.

»Können Sie schießen?« Taval hatte zwar gemerkt, dass er mit seinen Fragen nicht weiter kam, aber ihm fiel keine andere Taktik ein. Verhörtechnik war noch nie seine Stärke gewesen und beim MEK mussten sie eh nicht quatschen.

Allenstein zeigte seine Zähne. »Ja, Herr Taval, genau wie Sie. Und bevor Sie falsche Schlüsse ziehen, alle Allensteins können schießen, das gehört bei uns zum guten Ton. Guten Tag!« Damit ließ er Taval stehen.

Der sah ihm nach. Allenstein wandte sich nicht um. Trotzdem bezog Taval Stellung hinter einer Konifere und beobachtete, wie Allenstein vor einer Reihe gleichförmiger Gräber stehen blieb. Er hielt sein Handy vor einen Grabstein und tippte drauf. Hielt der ihn zum Narren? Vorher noch am Grab des Vaters beten, jetzt Fotos machen. Plötzlich beneidete Taval Wolfgang Allenstein, der am Grab seines Vaters stehen und ein Gebet sprechen konnte. Taval hatte das noch nie getan.

Allenstein ging zum nächsten Grab und wiederholte die Prozedur. Taval wusste nicht einmal, wo sein Vater begraben lag. Darum sollte er sich kümmern. Er hätte seine Mutter fragen müssen, als sie noch lebte.

Taval fühlte eine Hand auf seiner Schulter, deren Finger zugriffen und ihn hinter der Konifere hervorzogen.

»Ihnen ist auch nichts heilig.« Kommissar Reiter stand vor ihm. Seine Hand hatte er wieder an sich genommen.

Taval und Marianne betraten das Grundstück des allensteinschen Hauses, die Disteln im Vorgarten standen immer noch hüfthoch. Nach dem ergebnislosen Besuch auf dem Friedhof waren sie direkt hierhergefahren. Vielleicht würde er wenigstens bei Silvia weiterkommen, wenn er ihren Liebling dabei hatte.

»Hältst du das für eine gute Idee?« Marianne zeigte auf das Polizeisiegel, das an der Haustür prangte. Trotzdem hielt sie ihm ein Paar Einmalhandschuhe entgegen.

»Du hast mir doch selber erklärt, dass der armen Katze kalt wird, weil sie zu viel Wärme über die Haut verliert.« Taval öffnete die Tür zum Haus mit seiner Kantinenkarte. Die brauchte er eh nicht mehr. Ihm war unwohl. Zum zweiten Mal ging er unbefugt in dieses Haus, das inzwischen ein Tatort war.

»Warum das Siegel da klebt, weiß ich nicht.« Er hatte keine Lust, ihr den Rest der Geschichte zu erzählen. Sie hatte ihm auf der Fahrt hierher sehr deutlich gezeigt, dass sie ihn für einen Barbaren hielt, weil er die Katze in einen Rucksack gesteckt hatte. Trotzdem hatte sie ihm einen Schokoriegel aus ihrem Vorrat gegeben, als sein Magen lautstark seinen Hunger verkündet hatte.

»Die Sphinx ist dir also hier entwischt?« Sie folgte ihm in den Hausflur. Sie hatte fast einen irren Blick bekommen, als er ihr erzählt hatte, dass Cleo eine Nacktkatze war. So eine wollte sie schon immer mal anfassen.

»Die Arme hat sich wahrscheinlich gleich ein Versteck gesucht, nachdem du sie so übel behandelt hast.« Sie bedachte ihn mit einem bösen Blick, bevor sie in einem der hinteren Zimmer verschwand. Von dort rief sie: »Wir sollten uns nach kleinen Schlupflöchern und Höhlen umsehen.«

Taval ließ sie nach Cleo suchen. Er wollte sich in dem leerstehenden Haus umsehen und hoffte, etwas zu finden, dass ihm bei der Suche nach Nicoles Mörder weiter half.

»Taval, komm mal!«

Er folgte ihrer Stimme durchs Haus und fand Marianne in einer Zimmerecke. Sie kniete auf dem Holzfußboden vor einer geöffneten Blechdose mit Katzenfutter.

»Wow, teure Marke. Das kriegen meine drei nicht mal zu Weihnachten.« Auf der Fahrt hierher hatte sie ihm ausgiebig von ihren Katzen Molly, Mr. B. und 007 erzählt.

Er hatte nur mit einem halben Ohr zugehört. Jetzt sah er zum Katzenfutter und nickte. Seine Aufmerksamkeit gehörte allerdings einem gläsernen Außenaufzug an der Rückseite des Hauses.

»Wer das wohl da hingestellt hat?« Sie stand auf, ohne seine Antwort abzuwarten. »Ich suche in den anderen Zimmern weiter.«

Er ließ sie machen und drückte einen der beiden Knöpfe auf dem Bedienelement des Lifts. Keine Reaktion. Auch der andere bewegte weder die Türen noch den Aufzug. Über den beiden Schaltern war ein Schloss. Wahrscheinlich brauchte man einen Schlüssel, um den Lift zu benutzen.

»Taval!«

Was war denn jetzt schon wieder? Er stöhnte. Dann hörte er Marianne die Holztreppe herunter poltern.

Kurz darauf stand sie nach Luft japsend vor ihm. »Wir müssen hier raus! Oben in dem Zimmer, da ist so ein Kreideumriss auf dem Holzfußboden. Von einer Leiche.«

Scheiße, dachte Taval, jetzt brauche ich eine verdammt gute Erklärung oder ich muss ohne Katze bei Silvia Allenstein aufschlagen.

# SECHS

»Schlüssel!«, forderte Silvia und streckte ihre rechte Hand aus.

Taval fingerte den Wohnungsschlüssel aus seiner Manteltasche und legte ihn in ihre Hand.

»Wo ist meine Katze?«, begann Silvia sofort mit Tavals Inquisition. Sie wirkte noch angespannter als gestern Abend und ihr Gesicht versteckte sie unter einer dicken Schicht Make-up.

»Cleo ist in dem leerstehenden Haus, das Ihrer Mutter gehört.«

»Wer ist Cleo? Eine Cleo interessiert mich nicht. Ich will wissen, wo meine Katze ist. Und die heißt Cleopatra.«

Taval befürchtete für einen Moment, dass ihre Augen Funken sprühen würden. »Cleopatra ist in dem leerstehenden Haus.«

»Wie ist sie dorthin gelangt?«

»Hören Sie, ich habe die Katze in das Haus gebracht. Aber das ist doch jetzt nicht wichtig.« Er bereute seine Antwort sofort.

»Was hier relevant ist oder nicht, entscheide ich!« Silvia zeigte mit den Fingerspitzen ihrer linken Hand auf sich selbst. »Wie gedenken Sie, Cleopatra wieder hierher zu bringen?«

»Ich habe noch keinen Plan.« Und die hässliche Katze ist mir auch total egal, dachte Taval.

»Wenn Sie die Katze nicht umgehend wiederbeschaffen, zeige ich Sie wegen Diebstahls an. Haben Sie das verstanden?«

»Ja, habe ich. Warum sind Sie früher von Ihrem Beautywochenende zurückgekehrt?« Taval fand es an der Zeit, den Spieß umzudrehen und Silvia ein paar Fragen zu stellen.

»Ich wüsste nicht, was Sie das angeht. Aber natürlich haben Sie kein Gespür für Takt, deshalb erkläre ich es Ihnen: Im Haus meiner Mutter ist eine Frau getötet worden, fänden Sie es da nicht auch pietätlos, sich seelenruhig Gesichtsmasken auflegen zu lassen?«

»Nun, ja.« Mit Gesichtsmasken kannte er sich nicht aus. Aber dass es an der Toten im Haus und den Ermittlungen nichts änderte, wenn Silvia im Beautytempel oder zuhause war, sagte er der aufgebrachten Frau nicht.

Für ihn machte es durchaus einen Unterschied, wo sie sich aufhielt, fiel ihm in diesem Moment auf.

Wenn sie in ihrer Wohnung war, hieß das für ihn, dass er auf der Straße stand.

»Was hatten Sie in einem fremden Haus zu schaffen?«, setzte Silvia das Verhör fort.

»Dennis hat mich angerufen und dort hinbestellt.« Taval fühlte sich, als würde er in der Schule eine dämliche Ausrede benutzen, weil er zu spät gekommen war.

»Der Dennis?« Silvias Tonfall änderte sich in eine Richtung, die Taval nicht deuten konnte.

»Ja, Ihr Neffe Dennis. Und er sagte, dass ich die Katze mitbringen soll, weil es um Leben und Tod geht.« Das klang so unglaublich dämlich. Taval wäre am liebsten im Boden versunken.

»Das haben Sie sich ausgedacht, wegen der Toten im Haus.« Silvia schüttelte den Kopf. »Dennis verbringt das Wochenende mit seiner Freundin. Deshalb sollten Sie doch überhaupt Cleopatra hüten. Der bestellt Sie dann doch nicht zum Haus.«

»Wissen Sie, wo Dennis' Flamme wohnt?«, versuchte Taval, die Gesprächsführung zu übernehmen.

»Nein.«

»Ihren Namen?«

»Nein!«

»Kannten Sie Nicole Berger?«

»Nein. Aber Sie kannten das Opfer, sagte mir der Staatsanwalt.«

Silvia schaute Taval mit einem triumphierenden Lächeln an.

Verdammte Axt, dachte er, die Frauen der Allensteins sind bestens mit dem Kieler Justizapparat vernetzt.

»Sie war meine Anwältin. Ich habe sie nicht getötet. Warum sollte ich?« Taval, du Depp! Silvia hat es wieder geschafft, dich in die Defensive zu drängen.

»Weil es ihr nicht gelungen ist, den Richter zu überzeugen, das Strafmaß so weit zu reduzieren, dass Sie im Dienst bleiben konnten. Das nenne ich ein Motiv.« Sie stemmte die Arme in ihre Seiten.

»Interessante Arbeitshypothese. Sie scheinen eine Menge nachgedacht zu haben, obwohl Sie das Opfer nicht kannten.«

Die Allenstein griff hinter sich und hielt ihm anstatt einer Antwort zwei dieser noblen Papiereinkaufstaschen hin, die man in teuren Läden erhielt. »Nehmen Sie Ihre stinkenden Klamotten und verschwinden Sie.«

Taval sah, dass in einer Tüte die Kleidung aus der Polizeiwache und in der anderen sein Kaffeekram war. Er nahm die Kaffeetüte und wollte den Inhalt überprüfen.

»Da ist alles drin. Ich bin Anwältin.« Sie fasste an die Klinke ihrer Wohnungstür. Für Silvia war das Gespräch beendet. »Und Herr Taval, da ist auch die Rechnung der Putzfirma drin, die Ihre Sauerei in meiner Küche entfernt hat.«

»Hey Sie! Was machen Sie denn da?« Eine Frau in einem roten Wollmantel kam auf Taval zu. »Sie können doch nicht einfach Ihren Müll bei uns entsorgen.«

Er ließ den Deckel der schwarzen Mülltonne fallen, die er vor dem modernen Wohnhaus an der Förde gefunden hatte. Gut versteckt hinter einer immergrünen Hecke.

»Ich besuche Silvia Allenstein und bringe den Müll für sie runter«, erklärte er der Frau mit der lockigen Mähne, dem sonnengegerbten Gesicht und den unzähligen Lachfalten.

»Sie wollen Besuch von Frau Allenstein sein?« Die Frau musterte Taval so ausführlich, dass er begann, sich unbehaglich unter ihrem Blick zu fühlen. »Sie sind doch gar nicht ihr Typ.«

»Wie meinen Sie das?«

»Wie ich es sage: Sie sind nicht ihr Typ. Meiner schon.« Ihre Stimme war eine Nuance tiefer geworden.

»Äh, ja.«

»Oder hat sie sich mit Ihnen getröstet?«

»Getröstet?« Taval verstand nicht ganz.

»Sie behaupten, ein Besucher von der Frau zu sein, und wissen nichts über sie. Nicht mal, dass ihre Beziehung gerade in die Brüche gegangen ist.« Sie nahm eine Zigarette aus einem goldenen Etui.

»Beziehung in die Brüche gegangen?« Taval fragte mit echtem Interesse.

»Wiederholen Sie doch nicht alles, was ich sage.« Sie holte ein zum Etui passendes Feuerzeug hervor. »Ich denke zumindest, dass die Beziehung beendet ist. Bis vor

Kurzem kam fast jedes Wochenende ein Mann, etwas jünger als die Allenstein, und blieb bis Sonntagabend.« Sie steckte sich die Zigarette zwischen die Lippen.

»Und jetzt kommt er nicht mehr?« Taval nahm ihr das Feuerzeug aus der Hand und gab ihr Feuer.

»Danke. Ja, genau, seit ungefähr einem Monat nicht mehr.« Sie zog den Gürtel um die Taille ihres Mantels fest und steckte das Feuerzeug wieder ein. »Richtig schlimm war, als er mit so einer schicken Schwarzhaarigen hier aufgetaucht ist. Hat im Auto auf ihn gewartet.«

»Sie wissen nicht zufällig, ob die aus Hamburg war, oder?« Taval hatte da so einen Verdacht.

»Zufällig doch.« Sie blies den Rauch langsam durch die Nase aus. »Jedenfalls hatte ihr Wagen ein Hamburger Kennzeichen.«

»Kurze, schwarze Haare?«

»Ja, genau.« Silvias Nachbarin zog an ihrer Zigarette.

Das klang nach Nicole. Hatte sie Silvia den Lover ausgespannt? Das ließ die Sache in einem neuen Licht erscheinen, in einem ganz neuen Licht. Silvia kannte nicht nur das Opfer, und das hatte sie abgestritten, sie hatte auch ein Motiv.

Und Nicole? Für so einen Feger hätte er sie gar nicht gehalten, jemandem den Lover ausspannen. Aber was wusste er schon über sie? Sie hatte sich mit privaten Dingen immer sehr zurückgehalten. Taval musste unbedingt mit diesem Lover sprechen. Aber wer konnte das sein? Silvia Allenstein könnte es ihm sagen, aber vermutlich würde sie ihn wieder ausfragen oder ihn nicht hereinlassen oder ihn hinauswerfen. Und sie hatte ein Alibi, sie war in ihrem angestammten Beautyhotel gewesen. Das hatte sie jedenfalls gesagt.

»In welchem Beautyhotel verbringt Silvia Allenstein eigentlich ihre Wochenenden?« Die Gesellschaft der Raucherin entspannte Taval, obwohl er nie geraucht hatte.

»Also wer immer Sie sind, ein Bekannter von Frau Allenstein sind Sie wahrlich nicht.« Sie blies Rauchkringel in die Luft.

»Nein, ich bin der Typ, der ihre Katze gehütet hat. Der Typ, dem die Katze abgehauen ist. Der Typ, der jetzt mächtig Ärger hat.«

»Oh, mit der Allenstein ist nicht gut Kirschen essen. Das durfte der Herr Ebel aus dem Zweiten auch schon erfahren.« Sie schnippte Asche auf den Rasen.

»Erzählen Sie mir einfach, in welchem Hotel Frau Allenstein ihre Wochenenden verbringt.«

»Ein Gutschein als Drachenfutter für die Lady, keine schlechte Idee.« Sie zeigte auf Tavals Papiertüten. »Na, da.«

Taval schaute die beiden Tüten an, auf einer stand »Fördespa«. Dann sah er wieder zu Silvias rauchender Nachbarin. Die deutete mit der Kippe in der Hand hinüber zum anderen Fördeufer. »Das ist da drüben, auf der anderen Seite der Förde.«

Na super, dachte Taval, auch das noch.

»Ihre Gesichtshaut sieht ein bisschen müde aus. Aber das kriegen wir hin«, sagte die junge Frau in dem schwarzen kurzen Kleid und mit den streng nach hinten gekämmten dunklen Haaren, die sich ihm als Kateryna vorgestellt hatte.

Taval saß in einem, mit einem weißen Handtuch verhüllten Behandlungsstuhl. Der Raum war in schummriges Licht getaucht. Er bezweifelte, dass die Folgen der Nacht in der Arrestzelle durch eine Gesichtsbehandlung verschwinden würden.

»Ich stelle jetzt erstmal Ihren Hauttyp fest.« Kateryna strich fest über seine Wangen und Stirn.

Taval war froh, dass er gerade noch einen der Fördedampfer ans andere Ufer erwischt hatte. Und die Empfangsdame im Spa war höchst erfreut gewesen, einen neuen Kunden begrüßen zu dürfen.

»Haben Sie das bei Frau Allenstein, also meiner Tante, gestern auch gemacht?«

»Ach, Frau Allenstein ist Ihre Tante. So eine reizende Frau. Nein, gestern haben wir eine ganz normale Gesichtsbehandlung gemacht. Den Hauttyp Ihrer Tante habe ich schon vor ein paar Jahren bestimmt. Das steht alles auf meiner Karteikarte. Möchten Sie die Augenbrauen gezupft bekommen?« Sie fuhr mit dem Zeigefinger seine Augenbrauen entlang.

Lange hatte ihn niemand mehr so zart berührt. Seine Ex-Freundin schon lange vor der Trennung nicht. Die Letzte, die ihn so sanft berührt hatte, war

Alischia gewesen. Auch die hatte er dafür bezahlt. Überhaupt hatte er teuer dafür bezahlt.

»Ich mach's auch nicht zu feminin«, sagte Kateryna.

»Äh, nein, danke.« Augenbrauen zupfen, das fehlte ihm gerade noch. »Sie haben Karteikarten für Ihre Kunden?«

»Natürlich. Da notiere ich die Termine und schreibe auf, was wir gemacht haben. Das machen alle Kolleginnen so.« Ein surrendes Geräusch näherte sich seinem Gesicht, und Taval sah eine rotierende Bürste.

»Ich mache jetzt ein Peeling. Das löst die abgestorbenen Hautzellen.« Sie summte, als sie die Bürste über Tavals Gesicht führte.

»Können Sie mir sagen, was Frau, meine Tante, benutzt? Ich möchte sie mit einem Geschenk aus Ihrer Kosmetikserie überraschen.«

»Sicher, das suche ich Ihnen nachher raus. Das ist aber nett von Ihnen. Ihre Tante ist so eine freundliche Frau. Sie hat mir sehr geholfen.« Kateryna legte die Bürste beiseite und wischte mit warmen Tüchern über sein Gesicht.

»Wobei hat Sie Ihnen denn geholfen?« Taval musste sauer aufstoßen. Das Würstchen, dass er auf dem Dampfer runtergeschlungen hatte, quälte seinen Magen.

»Darüber möchte ich nicht sprechen«, sagte Kateryna mit einer Spur weniger Singsang in der Stimme. »Nehmen Sie das bitte nicht persönlich, aber das ist privat.« Sie fingerte an einer Cremedose herum und begann, Taval eine dicke Schicht der Creme auf dem Gesicht aufzutragen.

»Meine Tante war in letzter Zeit sehr betrübt, weil ihr Partner sie wegen einer jüngeren Frau verlassen hat. Das hat sie Ihnen bestimmt erzählt.« Taval lächelte sein charmantestes Lächeln, das er unter der Gesichtsmaske hervorbringen konnte.

»Ach, die Arme«, Kateryna entspannte sich wieder. »Nein, das hat sie nicht erwähnt.« Sie war fertig mit der Creme und wischte sich die Hände an einem Tuch ab. »Ich trage Ihnen jetzt etwas Lippenbalsam auf und lege Ihnen noch Pads auf die Augen. Dann lassen wir die Masken ein bisschen einwirken.« Kateryna legte Taval zwei kalte, nasse Wattekreise auf die Augen. Dann hörte er, wie sie den Raum verließ, recht eilig, wie ihm schien.

Über den Lover konnte er hier also nichts erfahren. Dafür aber, wann Silvia Allenstein gestern hier gewesen war und ob sie damit ein Alibi hatte oder nicht. Und Dennis? Da Taval sich als Neffe ausgegeben hatte, konnte er Kateryna kaum fragen, wo er diesen finden konnte. Taval, denk nach, was weißt du über Dennis' Flamme? Er wusste einiges über die körperlichen Vorzüge von Tanja. Er erinnerte sich, dass er mit Dennis in diesem hippen Café im Schanzenviertel Espresso getrunken hatte. Da hatte ihm Dennis diverse Dinge über seine Freundin erzählt. Tanja hatte ein Tribal auf den kompletten Oberschenkel tätowiert, und sie arbeitete, genau, in einem Jeans-Spezial-Geschäft!

# SIEBEN

Taval stand in der Lobby des Beauty-Hotels. Unter den Arm geklemmt trug er die Papiertüte mit seinem Kaffee-Zubehör und der Creme, die er zusammen mit Kateryna für Silvia Allenstein ausgesucht hatte. Dabei hatte er auf der Karteikarte gesehen, dass Silvias einstündige Gesichtsbehandlung gestern um 16.30 Uhr begonnen hatte. Sie konnte zur Tatzeit also unmöglich im Haus auf der anderen Seite der Förde gewesen sein, sondern musste von der Wohnung direkt zum Fördespa gefahren sein.

Hinter dem Empfangstresen hing ein großer Spiegel mit Goldrand. Darin sah Taval die Glaseingangstür des Hotels.

Die Empfangsdame lächelte ihn mit ihren orangefarbenen Lippen an und tippte den Betrag für seine Behandlung und die Creme in die Kasse. Taval sah im Spiegel, wie er unter der Endsumme blass wurde, und bezahlte.

»Kann ich kurz ihr Telefon benutzen, bitte?« Er zeigte auf den Apparat hinter dem Empfangstresen.

Die Rezeptionistin zögerte, dann reichte sie ihm den Apparat.

Er tippte Bernies Nummer ein. »Hey Bernie, hast du was für mich?«

»Ja, ich denke schon.«

»Bevor ich es vergesse«, sagte Taval »Gibt es was über den Mann, mit dem die Berger liiert ist?«

»Liiert war. Das war nur was Kurzes, wie es scheint. Konrad Thomsen, ebenfalls Anwalt. Der ist vorhin in New York in einen Flieger nach Frankfurt gestiegen.«

Den konnte Taval also schon mal von seiner Liste streichen. »Okay, weiter.«

»Nicole hat Nachforschungen zu Wolfgang Allenstein angestellt.«

»Was für Nachforschungen?« Im Spiegel beobachtete Taval wie ein hellblauer Ford Mondeo vor der Tür hielt.

»Wie es scheint, private, also nicht als Anwältin. Mehr kann ich dir dazu nicht sagen, aber warte, bis du das andere gehört hast. Moment.«

Dann hörte Taval, wie Bernie am anderen Ende der Leitung mit einem Kollegen sprach. Im Spiegel sah er Reiter und Hardenberg aus dem Wagen steigen. Tavals Puls ging schneller. Bernie redete noch immer mit seinem Kollegen. Hardenberg betrat die Hotel-Lobby, gefolgt von Reiter. Taval senkte den Kopf, schielte weiterhin in den Spiegel. Große Blumenarrangements versperrten weite Teile der Lobby. Aber die beiden hatten den telefonierenden Mann am Empfang sicher längst erfasst. Bernie, komm zur Sache, Mann.

»Nicole ist als Alleinerbin des Hauses eingetragen, in dem sie ermordet wurde«, redete Bernie endlich weiter.

»Danke, Bernie. Hast echt was gut bei mir.« Taval legte den Hörer auf.

Hardenberg und Reiter hatten den Empfangstresen erreicht.

»Kripo Kiel. Wir haben ein paar Fragen«, sagte Hardenberg zu der Empfangsdame.

Reiter stellte sich breitbeinig vor Taval auf. »Herr Taval, was für eine Überraschung. Was drücken Sie sich da in der Ecke herum?«

»Ich habe telefoniert. Privatsphäre, Sie wissen schon.« Er nickte, ging an einem schmalen Tischchen mit einer Obstschale vorbei und nahm sich einen der giftgrünen Äpfel.

Im Jeans-Spezial-Geschäft in der Fußgängerzone reichten die Regale bis unter die Decke. Wie die Drehständer waren sie über und über gefüllt mit Jeans in allen denkbaren Blautönen. Ein paar graue und schwarze waren auch dazwischen. Vor einem Regal stand eine Verkäuferin um die Zwanzig und suchte Hosen für einen pickligen Teenager heraus, der neben einer älteren Frau stand. Höchststrafe, dachte Taval, mit Mutti Jeans kaufen.

»Was kann ich für dich tun?« Ein auf jugendlich gestylter Verkäufer war zwischen den Ständern mit den Jeans-Jacken aufgetaucht.

»Ich warte auf Tanja«, versuchte Taval sein Glück.

»Ok. Willst du dich setzen?« Der Verkäufer zeigte auf einen Metallsessel.

Taval pflanzte sich in den Sessel und aktivierte sein neues Prepaid-Handy, das er sich auf den Weg hierher in einem dieser ramschigen Telefon-Shops gekauft hatte.

Hinter der Kasse sortierte eine Frau einen Stapel Kassenbelege. Der Verkäufer ging zu dem Verkaufsgespann am Regal hinüber und sprach mit seiner Kollegin. Dabei zeigte er auf Taval. Sie sah mit fragendem Gesicht zu ihm rüber. Ja, das könnte Tanja sein, dachte Taval. Passt zu Dennis' Beschreibung. Er winkte ihr zu und hinterließ eine Nachricht auf Termühlens Mobilbox, dass er ihn dringend sprechen musste.

Tanja kam zu ihm herüber. »Kennen wir uns?« Misstrauisch schaute sie ihn an.

»Nicht persönlich, aber ich habe schon viel von dir gehört. Ich bin ein Kumpel von Dennis.«

Sie verschränkte ihre Arme vor der Brust.

»Taval, Jesper Taval.« Er sprang auf und hielt ihr seine Hand hin.

Sie rührte sich nicht.

»Stimmt was nicht?« Er sah ihr in die Augen.

»Was haben Sie mit Dennis gemacht? Der ist seit gestern völlig durch den Wind. Und Sie wissen, was das bei ihm bedeuten kann.« Sie sah ihn vorwurfsvoll an.

»Genau deshalb muss ich dringend mit ihm sprechen. Ich mache mir Sorgen.« Er verlagerte sein Gewicht vom rechten auf das linke Bein.

»Rufen Sie ihn an.« Sie zeigte auf das Telefon.

»Er geht ja nicht ran. Du bist meine letzte Chance mit ihm zu reden. Bitte. Weißt du, wo er ist?«

»Sie haben ihn bedroht.« Beharrlich war sie, das stand fest.

»Nein. Da hat er dich angelogen. Tut mir leid.« Taval kam sich schlecht vor, dass er sein Wissen über Dennis' Hang zu Lügengeschichten an einer Stelle benutzte, wo der ausnahmsweise mal die Wahrheit gesagt hatte.

»Ich glaube, Dennis spielt wieder«, stieß Tanja plötzlich hervor. Tränen traten in ihre Augen.

Auch das noch. Wenn Frauen weinten, damit kam Taval nicht so gut klar. »Scheiße, ich hab's geahnt.« Dass er einen ganz anderen Verdacht hatte, musste er ihr ja nicht auf die Nase binden. Und trotzdem traf auch ihn der Gedanke, dass Dennis wieder in Spielhallen herumhing. Was auch immer der kleine Schwachkopf angestellt haben mochte, Taval hatte sich gewünscht, dass wenigstens die Zockerei vom Tisch war.

»Dennis ist in meiner Wohnung.« Tanja hatte sich wieder gefangen. »Wir machen gleich Feierabend, dann können wir zusammen rübergehen. Warte hier.«

Taval schaute verwundert auf das Handy. Es war kurz vor sechs. In Hamburg konnten die Leute zwei Stunden länger einkaufen als in diesem Provinzkaff.

»Schön, dass du da bist, Tanja. Endlich Wochenende«, rief Dennis. Seine tiefen Augenringe sprachen eine andere Sprache. Er gab Tanja einen Begrüßungskuss und erblickte erst dann Taval. Sein Mund lächelte nicht mehr. Aber er konnte nicht verhindern, dass Taval die Wohnung betrat und die Tür hinter sich schloss.

In Tanjas Wohnungsflur standen Schuhe und Stiefel paarweise aufgereiht auf dem Laminatfußboden. Tanja stelle ihre Umhängetasche auf einen Hocker und hängte ihre Jacke an eine überfüllte Garderobe.

»Hallo Dennis, ich würde gerne mit dir sprechen«, begann Taval.

»Hey, Taval, ich …«

Die Türklingel schellte. Dennis atmete erleichtert aus und entspannte seinen Körper. »Das wird der Lieferservice sein. Ich habe Pizza bestellt, Tanja-Schatz.«

»Gut, dann reden wir beim Essen.« Taval war entschieden, diesmal eine Antwort von Dennis zu bekommen. Auch wenn er dem Paar den ganzen Abend auf der Pelle hängen müsste.

Tanja hatte sich den Hörer der Gegensprechanlage

gegriffen. Langsam nahm sie ihn vom Ohr weg und hängte ihn neben die Tür zurück. Ernst schaute sie Taval und Dennis an. »Ein Kommissar Reiter. Dennis, was will der hier?«

Bevor Dennis antworten konnte, legte Taval die Kette vor die Tür und sagte: »Tanja, bitte finde genau das heraus. Dennis, wo können wir hingehen, damit er uns nicht gleich entdeckt?«

Dennis stand wie versteinert da und sah Taval nur an. Tanja machte ein unglückliches Gesicht und schaute von einem zum anderen. Taval zog Dennis unsanft den Flur entlang, schüttelte ihn am Arm. »Dennis, wohin?«

Dennis erwachte aus seiner Starre und verschwand mit Taval im Badezimmer.

Es klingelte an der Tür, gleich darauf klopfte es hart. »Aufmachen! Polizei!«

»Ja?« Hörte Taval Tanja mit fester Stimme fragen.

»Lassen Sie mich rein!«, befahl Reiter. »Ich habe einen Haftbefehl für Jesper Taval. Und ich habe gesehen, wie er mit Ihnen ins Haus gegangen ist.«

# ACHT

Taval versteckte sich hinter einem Schornstein. Er keuchte und hielt sich die Seite. Er war durch Tanjas Badezimmerfenster raus auf die Dachschräge geklettert, dann über die Stufen für den Schornsteinfeger zum First und auf das abgeflachte Hausdach. Natürlich war Reiter auf die gleiche Idee gekommen. Vielleicht hatte Dennis, der kleine Penner, ihm auch einen entscheidenden Tipp gegeben. Egal, Taval hatte auf dem Dach des Nachbarhauses eine unverschlossene Dachluke gefunden, war auf einem Dachboden verschwunden und hatte sich versteckt. Reiter hinter ihm her. Und an ihm vorbei. Im Treppenhaus hatte es Geschrei gegeben. Taval hatte noch gewartet, bis er Reiter im Treppenhaus gehört hatte. Dann war er wieder aufs Dach geklettert. Von Reiter und Oleschewski war nichts mehr zu sehen. Gut gemacht, Taval, gratulierte er sich.

Am Himmel sah er einen Hubschrauber auf sich zufliegen. Scheiße! Wollten die ihn jetzt vom Dach holen? Er sah sich um. Kein Versteck in greifbarer Nähe. Er kauerte sich so eng wie möglich an den Schornstein. Der Hubschrauber flog mit ohrenbetäubendem Krach über ihn hinweg. Dann entfernte sich das Fluggeräusch. Taval setzte sich auf und sah dem Helikopter hinterher. Er landete auf einem Krankenhausdach ganz in der Nähe. Sauber, Taval! Schöne Paranoia.

Taval streckte seine Beine aus und lehnte sich mit dem Rücken an den Schornstein, trotzdem war ihm schwindelig. Reiter hatte einen Haftbefehl gegen ihn. Ob er wirklich stichhaltige Beweise gefunden hatte? Hatte die alte Allenstein tatsächlich was gedreht? Hätte er ihr Angebot doch annehmen sollen? Wieder als Polizist arbeiten? Wieder zum System gehören? Hatte Reiter ihn über sein Smartphone gefunden? Scheiße, das musste er loswerden.

Er ließ den Blick über die roten und braunen Dächer schweifen. Am Horizont ragte ein Fernsehturm in den Himmel, etwas weiter links standen die blauen Portalkräne, die die Förde dominierten. Von hier oben sah er die Rückseiten der Häuser des Häuserblocks, ein Baugerüst, parkende Autos auf einem Parkdeck, eine Birke, die die Höhe der Häuser erreicht hatte. Gegenüber eine Durchfahrt und ein Taxistand.

Warum wollte Ruth Allenstein Nicole das Haus vererben? War das die Bezahlung dafür, dass sie Dennis aus der Patsche half? Verdammt! Immer wieder Dennis. Wieder war er ihm entwischt. Taval hatte immer noch nicht herausgefunden, warum er ihn zum Haus bestellt hatte. Dennis hatte überrascht reagiert, als er ihm von Nicoles Tod erzählt hatte. Aber er war es gewesen, der ihn in die Falle gelockt hatte. Außerdem hatte er ein Motiv, wenn er von der Erbschaft wusste. Aber das traf auch auf Wolfgang und Silvia zu. Und der hatte Nicole zudem noch den Lover ausgespannt. Außerdem hatte Nicole Nachforschungen über Wolfgang angestellt. Auch der gute Mann blieb undurchsichtig. Wozu die Fotos der Grabsteine? Den sollte er sich auf jeden Fall noch mal genauer ansehen.

Flatsch! Ein riesiger Möwenschiss landete neben ihm auf dem Dach. Taval rückte ein Stück zur Seite. »Mistvieh!« Alles wegen einer Katze. Er wusste nicht ob er lachen oder weinen sollte.

Er zog das Prepaid-Telefon aus seiner Jeanstasche. Diesmal hatte er Glück.

»Herr Taval, Sie können es wohl auch nicht abwarten«, meldete sich Termühlen.

»Reiter hat einen Haftbefehl gegen mich«, antwortete Taval, »und ich rufe Sie nicht vom Revier aus an.«

»Dann möchte ich lieber gar nicht wissen, woher Sie das haben«, Termühlen schnaubte. »Sie wissen, dass ich Ihnen raten muss, von sich aus Kontakt zur Polizei aufzunehmen.«

»Ja.«

»Soll ich das für Sie übernehmen?«

»Nein. Wussten Sie, dass Nicole das Haus, in dem sie ermordet wurde, erben sollte?«

»Nein.«

»Sie hat außerdem Nachforschungen über Wolfgang Allenstein angestellt.« Taval stellte sein linkes Bein auf.

»Herr Taval, dass Sie sich nicht raushalten, war klar. Aber ich kann Ihnen nicht weiter helfen. Jetzt erst recht nicht. Ich kümmere mich wegen des Haftbefehls und melde mich dann. Tschüss!«

Taval stand in einem Hauseingang. Vorsichtig lugte er um die Ecke, ob er Reiter irgendwo entdecken konnte. Ein Taxi hielt vor den parkenden Autos. Taval erkannte Marianne am Steuer und stieg eilig auf der Beifahrerseite ein.

»Danke, dass du so schnell gekommen bist«, sagte er. Der Taxistand, den er vom Dach aus gesehen hatte, hatte ihn auf die Idee gebracht sie anzurufen. Er wollte nochmal mit Wolfgang sprechen. Dieses Mal in dessen Wohnung.

Marianne nickte bloß. »Hier.« Sie holte eine Zeitung aus der Seitenablage der Fahrertür und warf sie Taval auf den Schoß. »Ich glaub, da steht was über dich drin. Seite 25.«

Taval schlug die Zeitung auf und fand einen Artikel über den Mord an der Hamburger Anwältin Nicole Berger. Sein Herz schlug schneller. Hastig überflog er ihn. Sie hatten einen Tatverdächtigen laufen lassen. Mehr stand zum Glück nicht über ihn drin. Erleichtert atmete er aus.

»Du hast also damit zu tun, hat mich mein Bauchgefühl nicht getäuscht.« Marianne sah ihn herausfordernd an.

Taval begriff, dass er ihr auf den Leim gegangen war. Er schmiss die Zeitung auf den Rücksitz. Und dann erzählte er ihr seine ganze Geschichte.

Marianne hörte zu. Sagte zu all dem nichts und kaute auf ihrer Unterlippe.

»Marianne, tust du mir trotzdem einen großen Gefallen?«

»Nur wenn du mich nie wieder anlügst, Jesper Taval.« Sie sah ihn ernst an.

»Geht klar.«

»Und es kommt drauf an, was es ist.«

Taval nickte, dann sagte er: »Mein Handy spazieren fahren. Natürlich ohne dass du weißt, dass es in deinem Wagen ist. Falls dich einer fragt, sagst du einfach, das muss ein Fahrgast verloren haben.«

Marianne überlegte kurz. »Dafür will ich eine Gegenleistung.«

»Was?«

»Die Sphinx streicheln, wenn sie wieder da ist.«

»Abgemacht.« Taval versenkte sein Handy neben dem Sitz.

»Ach übrigens«, sagte Marianne, als sie das Taxi startete, »der Katze geht es gut.«

»Hast du sie gesehen? Warst du noch mal am Haus?« Taval war überrascht.

»Nee, aber ich habe mit einem Tiermedium gesprochen. Und die hat mir versichert, dass es ihr gut geht und an nichts fehlt.«

Taval sah Marianne irritiert an. Die nickte ihm zufrieden zu.

Wolfgang Allenstein wohnte in einem Altbau an einem großen Park. Das Haus war völlig anders als der moderne Wohnblock seiner Schwester. Taval klingelte. Keine Antwort. Den SUV konnte er nirgendwo entdecken. Aber er konnte sich nicht vorstellen, dass Allenstein seinen Wagen an der Straße parkte.

Ein Mann in kurzen Hosen, mit Fleecejacke und Rennrad über der Schulter verließ das Haus. Taval grüßte kurz und verschwand durch die Eingangstür, bevor sie zufallen konnte.

Im geräumigen Treppenhaus suchte er die richtige Wohnungstür und fand sie im zweiten Stock. Er klingelte wieder. Nichts. Er überlegte, ob er klopfen sollte, wollte aber die Nachbarn nicht unnötigerweise auf sich aufmerksam machen.

Er zog die Gummihandschuhe über, die er sich in letzter Sekunde noch von Marianne organisiert hatte. Du begehst wieder eine Straftat, wenn du in die Wohnung einbrichst. Schnauze! Er schaute sich die zweiflügelige Altbautür an, nahm die Kantinenkarte aus seinem Portemonnaie und öffnete damit die Tür. Allenstein hatte sie nur zugezogen.

In der Wohnung verschaffte er sich einen schnellen Überblick. Sie war über und über mit alten Möbeln, Truhen und maritimem Schnickschnack vollgestopft. Allenstein schien hier alleine zu wohnen und war wirklich nicht zuhause. Ein Haustier schien er nicht zu haben. Auch keine Putzfrau war da, die er sich ganz sicher leistete.

Für den Notfall checkte Taval einen Fluchtweg über den Balkon im Schlafzimmer. Über dem Doppelbett hing ein Ölbild mit einer üppigen, nackten Frau. Sie kniete neben einer Katze vor einem Futternapf auf dem Fußboden.

Sein Prepaid-Handy vibrierte. Eine SMS von Termühlen: »Ein Haftbefehl wurde nicht ausgestellt. T.« Wenigstens das. Er war erleichtert. Aber das hieß auch, Reiter hatte sich auf ihn eingeschossen.

Im Wohnzimmer stand eine kleine Galerie mit Familienfotos auf einem alten Schrank. Das Bild eines alten Herren mit einem schwarzen Trauerrand an einer Ecke. Herbert Allenstein, vermutete er, Wolfgangs Vater und Ruths verstorbener Mann. Ein Bild von Ruth und Herbert Allenstein, Silvia, Wolfgang und Dennis. Dann ein Familienbild mit Wolfgang, Dennis als Konfirmand und einer Frau. Vielleicht Dennis' verstorbene Mutter?

Im Wohnzimmer schien es keine Papiere zu geben. Selbst der Papierkorb neben einem Schreibsekretär war geleert. Auf dem Sekretär wiesen eine Maus und ein Netzkabel auf einen abwesenden Laptop hin. Verdammt, hatte der Nostalgiker Wolfgang, für den Taval ihn anhand der alten Möbel hielt, seinen ganzen Papierkram der Technik anvertraut und führte ein papierloses Büro?

Er hörte einen Schlüssel in der Tür und gleich darauf die Stimme Wolfgang Allensteins. Er telefonierte. Taval versteckte sich hinter der Wohnzimmertür. Er atmete flach und drückte sich an die Wand.

Allenstein kam ins Wohnzimmer, Taval beobachtete ihn durch den Türschlitz. Er hatte das Handy zwischen Ohr und Schulter geklemmt und legte etwas auf dem Sekretär ab. Vermutlich seinen Laptop. Mit den Gesprächsfetzen aus Allensteins Telefonat konnte Taval nichts anfangen.

»Silvia, das kommt wieder in Ordnung. Wir sehen uns gleich.« Die Fußbodendielen knarrten unter seinen Schritten. »Meinen dunkelblauen Anzug«, sagte Allenstein knapp und dann hörte Taval ihn nicht mehr sprechen. Wahrscheinlich hatte er das Gespräch beendet.

Taval verharrte hinter der Tür. Das Herz schlug ihm bis zum Hals. Wieso hatte Allenstein seine Schwester beruhigt? Taval hörte laufendes Wasser aus dem Bad.

Er schlüpfte hinter der Tür hervor. Auf dem Sekretär lag tatsächlich ein zugeklappter Laptop. Darauf ein ledergebundener Kalender. Mit wenigen Schritten war Taval beim Kalender und schlug ihn an einer Stelle auf, an der eine Karte steckte.

Für 20 Uhr war heute ein Empfang in den Kalender eingetragen. Die Karte war die dazu gehörende Einladung. Ein Wirtschaftsclub lud zum festlichen Herbstempfang im Lindemanns, um Abendgarderobe wurde gebeten. Dort traf Wolfgang seine Schwester, wenn Taval das Telefongespräch richtig deutete. Und dort würde Wolfgang im dunkelblauen Anzug erscheinen.

Er blätterte zurück und fand einen Eintrag für Freitag: ein Termin in einem sehr bekannten, schweineteuren Hamburger Restaurant, um 18 Uhr. Wenn Wolfgang Allenstein den wahrgenommen hatte, dann konnte er zur Tatzeit nicht in Kiel gewesen sein. Genauso wie seine Schwester Silvia. Wer blieb dann noch als möglicher Täter?

# NEUN

Taval stand in einer Penthousewohnung und blickte auf die Lichter der Stadt. Das geräumige Wohnzimmer hatte eine beeindruckende Bücherwand, die gegenüberliegende Wand bestand nur aus Fenstern. Den Parkettfußboden bedeckte ein Perserteppich. Aus der Musikanlage dröhnte Wagner.

»Sind Sie zur Vernunft gekommen und nehmen mein Angebot an, nachdem Sie sämtliche Mitglieder meiner Familie belästigt haben?«, fragte Ruth Allenstein.

»Sämtliche? Nicole konnte ich nicht mehr fragen, was sie mit Ihrer Familie zu tun hat. Warum wollten Sie ihr das Haus vererben? War das die Bezahlung für Dennis? Oder war sie eine uneheliche Tochter Ihres Mannes?« Er hatte sich vorgenommen, die Alte gleich ordentlich in die Enge zu treiben.

Der geschminkte Mund von Ruth Allenstein wurde zu einem schmalen Strich. Ihre Augen blickten kalt und er hatte Angst, augenblicklich in einen Eisblock verwandelt zu werden.

Nachdem er die Tatsache verdaut hatte, dass Reiter ihm mit dem Haftbefehl nur eins auswischen wollte, hatte Taval Hardenberg angerufen. Der Kommissarin hatte die Aktion ihres Kollegen überhaupt nicht gefallen und sie hatte sich zum Ausgleich zu einem Gespräch bereit erklärt.

»Was wollen Sie? Den Preis in die Höhe treiben? Überspannen Sie den Bogen nicht. Ich sitze am längeren Hebel.« Ruth Allenstein legte die Hände auf die Räder ihres Rollstuhls. Die Sehnen auf dem Handrücken traten hervor und verrieten Anspannung und Fluchtwunsch. Aber sie war eine harte Gegnerin.

In einer halben Stunde würde Taval Hardenberg in einer Bar treffen. Er glaube zwar nicht, dass viel dabei herauskam, aber man konnte nie wissen. Und vorher wollte er der alten Schachtel noch gehörig auf den Zahn fühlen. »In Ihrer Familie haben sich alle unglaublich gern, nicht wahr?« Auf einem Glastisch neben einem Sofa stand eine Familienbilder-Galerie ähnlich der, die er bei Wolfgang Allenstein gesehen hatte. Er nahm ein Bild in die Hand.

»Stellen Sie das wieder hin!«, fauchte Ruth Allenstein.

War sie wirklich zu einem Mord in der Lage? Der Fahrstuhl im verlassenen Haus, das hatte Hardenberg ihm am Telefon immerhin vorab erzählt, funktionierte jedenfalls noch.

Auf dem Bild saß Ruth Allenstein in ihrem Rollstuhl, Nicole stand hinter ihr. Sie hatte der alten Frau die Hände auf die Schulter gelegt, und diese hatte ihre Hand auf Nicoles linke gelegt.

»Wie war Ihre Beziehung zu Nicole?«, fragte er.

»Verschwinden Sie oder ich rufe die Polizei!« Ruth Allenstein sah zu ihrem Telefon, dass im Bücherregal lag. Mit zwei Schritten war er beim Regal und nahm das Telefon an sich.

»Ich gehe, wenn Sie mir meine Fragen beantworten.«

»Ich werde gleich abgeholt. Ich habe einen Abendtermin«, konterte die Alte.

»Auch zum Empfang ins Lindemanns? Wenn Sie hier nicht wollen, können wir gern dort weiter plaudern.« Er ließ sich nicht aus dem Konzept bringen.

Wagner füllte den Raum, die Musik schwoll an. Ruth Allenstein schloss die Augen. Dann drehte sie ihren Rollstuhl zum Fenster. Er erwartete, dass sie erzählen würde. Aber sie schwieg hartnäckig.

Auf einem weiteren Glastisch entdeckte er eine Musikanlage. Mit einem Knopfdruck beendete er die Wagner-Folter. Wolfgang hatte gesagt, alle Allensteins könnten schießen. Also auch die Alte.

»Wem gehört die Tatwaffe?«

»Gehen Sie! Gehen Sie! Gehen Sie!« Ihre Stimme wurde zu einem Kreischen.

Taval hielt sich die Ohren zu. Irgendwann wäre sie fertig mit Schreien.

»Die Waffe war aus meinem Waffenschrank«, sagte Ruth Allenstein schließlich erschöpft und sackte in ihrem Rollstuhl zusammen.

Auch das Oberdeck lag über den Dächern von Kiel. Taval hatte nur noch einen Platz an der schwarz lackierten Bar gefunden. Er stützte den Ellenbogen auf dem Tresen ab, legte sein Kinn in die Hand und schaute über die Köpfe der anderen Gäste auf orangefarbene und weiße Lichter rund um das Ende der Kieler Förde. Aus einem Lautsprecher dudelten weichgespülte, lateinamerikanisch gecoverte Rocksongs. Der Barkeeper brachte ihm ein kleines Bier, das er auf einer schwarzen Serviette platzierte. Daneben stellte er eine Schale mit gesalzenen Cashewnüssen.

Hardenberg eilte durch die Hotelbar. Sie trug denselben schicken Mantel wie am Morgen. Selbstbewusst ging sie an den Sitzgruppen mit den Cocktails trinkenden Gästen vorbei. Mit Polizistinnen-Blick hatte sie sofort den Raum erfasst und Taval entdeckt.

»Hast du noch was Besonderes vor? Interessanter Look.« Sie zupfte am Ärmel des Anzugs, den er Ruth Allenstein abgepresst hatte. Deren Mann war größer und dicker gewesen als Taval.

»Ja, ich bin mit einer attraktiven Frau in einer Bar verabredet.« Er lächelte charmant und stand auf.

»Das hier ist keine Verabredung, damit das gleich klar ist.« Sie setzte sich auf den freien Barhocker neben ihm, gab dem Barkeeper ein Zeichen und bestellte ein Wasser.

»Danke, dass du gekommen bist.« Er setzte sich wieder auf seinen Platz und studierte die aufgereihten Flaschen im lila ausgeleuchteten Regal hinter der Bar.

»Pass auf: Ich weiß nicht, was in Reiter gefahren ist«, begann Hardenberg. »Aber seit dem letzten Fall ist er nicht mehr derselbe. Er ist ausgebrannt. Ich weiß, das entschuldigt nichts. Aber du weißt, wie aufreibend der Job sein kann. Du warst doch selber mal dabei.« Sie trank von ihrem Wasser.

»Ja, ich war mal dabei. Deshalb habt ihr mich ja auch in eine Zelle gesteckt und mir nicht geglaubt.« Er riss ein Stück von der Serviette unter dem Bierglas ab, knüllte es zusammen und warf es auf den Tresen. »Aber ob du es glaubst oder nicht, ich habe eine Katze gesucht. Diese Scheiß-Katze.«

»Die Katzengeschichte ist gekauft. Silvia Allenstein hat wegen dem Tier einen riesigen Aufstand gemacht. Bis wir ihr bestätigt haben, dass wir im Haus eine Dose mit Luxusfutter aufgestellt haben.« Plötzlich sah sie müde aus. Wahrscheinlich schob sie einen Berg Überstunden vor sich her.

»Warum hat Nicole private Nachforschungen über Wolfgang Allenstein angestellt?« Taval nahm eine Portion Cashewnüsse, warf sie in den Mund und kaute.

»Hast du das noch nie gemacht? Über einen Partner Nachforschungen angestellt? Und sei es nur, um der Person zu imponieren? Ich kenne sogar Kollegen, die das machen.« Die Kommissarin trank einen großen Schluck Wasser.

»Wie meinst du das?« Er wollte ganz sicher gehen. Hatte er wirklich richtig verstanden, was sie ihm zwischen den Zeilen mitgeteilt hatte?

»Naja, im Polizeiregister nachsehen, ob man was über die Bettgeschichte findet. Vielleicht wollte sie einfach mehr über den Kerl erfahren, mit dem sie liiert war.« Sie leerte ihr Glas und zog ihr Portemonnaie aus der Manteltasche.

»Ich übernehme das.« Taval lächelte sie an.

»Danke. Und Taval, mach Reiter bitte das Leben nicht schwer wegen der Nummer mit dem Haftbefehl.« Sie legte ihm kurz die Hand auf den Unterarm. Er nickte geistesabwesend. Nicole war also mit Wolfgang liiert gewesen. Er hatte Hardenbergs erste Andeutung doch richtig verstanden. Nicole war wahrlich nicht die Frau, für die er sie gehalten hatte. Zeit Wolfgang Allenstein ein paar pikante Fragen zu stellen.

Der Empfang im Lindemanns war schon mehrere Stunden im Gange, als er eintraf. Das Hotel war ein weinumrankter Backstein-Prachtbau. In dieser Stadt gab es verdammt viel Backstein, dachte Taval, Backstein und Wasser und Allensteins.

»Guten Abend«, rief er beim Betreten des hell erleuchteten Hotel-Foyers und nickte den beiden Empfangsdamen in ihren dunkelblauen Kostümchen hinter einem Stehpult zu.

Mit ausgestreckter Hand stürmte er umstandslos weiter auf Wolfgang Allenstein zu, den er zwischen Männern in Marineuniformen, Frauen in Abendkleidern und Herren in Anzügen erspäht hatte. Er ergriff dessen rechte Hand und legte ihm die linke vertrauensvoll auf die Schulter. »Mein lieber Allenstein, wie schön sie hier zu treffen.« Er strahlte ihn an, und dann nickte er in die Gesprächsrunde, die aus graumelierten Herren und einer Dame im dunkelgrünen Kleid bestand.

»Entschuldigt Ihr uns kurz, ich habe mit Herrn Taval etwas Wichtiges unter vier Augen zu besprechen.« Wolfgang Allenstein nahm ihn am Ellenbogen und führte ihn außer Hörweite der anderen.

»Wie kommen Sie an einen Anzug meines Vaters?«, empörte er sich.

»Ihre Frau Mutter war so freundlich und hat mir ausgeholfen. Sie lässt übrigens ausrichten, dass Sie wohl nicht herkommen wird.«

»Wie bitte?« Allenstein sah verwirrt aus.

»Herr Allenstein, beantworten Sie mir ganz kurz ein paar Fragen, und Sie können weiter mit Ihren Geschäftspartnern plaudern. Ich stelle dann auch keine unangenehmen Fragen vor ihnen.«

»Herr Taval, gehen Sie, oder ich lasse Sie entfernen«, zischte Allenstein ihm ins Ohr. Taval roch Alkohol.

»Wieso fotografieren Sie Grabsteine?«

Zu seiner Überraschung fing Allenstein an zu lachen. »Deshalb kommen Sie zu diesem Empfang? Das gehört zu meinem Hobby. Ein Ahnenforschungsprojekt. Noch weitere Fragen?«

»Was haben Sie am Freitag in Hamburg gemacht?«

»Ich wüsste nicht, was Sie das angeht.« Er lachte wieder. »Wer hat Ihnen überhaupt gesagt, dass ich dort war? Meine Mutter? Meine Schwester? Dennis?«

»Die Familie wusste also, dass Sie in Hamburg sein würden?« Über Allensteins Schulter sah er eines der dunkelblauen Kostümchen vom Eingang auf sie zukommen.

»Und wenn schon?«

»Wie lange hatten Sie eine Beziehung mit Nicole?«

Allenstein hörte auf zu lachen. »Sie mieser kleiner Schnüffler. In meinen Bettgeschichten rumwühlen. Verschwinden Sie!«

Das Empfangskostümchen stand neben ihnen. Sie sprach Taval an: »Entschuldigung, wenn ich störe, ich würde Sie gerne kurz sprechen.«

»Gerne junge Frau«, sagte Allenstein. »Herr Taval und ich sind fertig miteinander.«

»Herr Taval«, die Empfangsfrau machte ein betrübtes Gesicht, »ich brauche noch Ihre Einladungskarte.«

Jetzt wäre es an Ihnen mir etwas zu trinken zu besorgen«, sagte Frau Graf zu Taval. »Ich nehme ein Pils.«

Das tat er nur zu gerne. Im richtigen Moment war Silvias Nachbarin im Lindemanns aufgetaucht und hatte ihm aus der Klemme geholfen. Dass sie ihm dabei vertrauensvoll an den Hintern gefasst hatte, trug er mit Fassung. Denn die beiden Empfangsdamen hatten ihn wohl auch deshalb anstandslos als Begleitung von »Frau Graf« akzeptiert. Ganz ohne blöde Einladungskarte.

Er bestellte zwei Bier an der Bar und brachte sie zu seiner Retterin, die ein verboten enges, tief dekolletiertes, knallrotes Kleid trug.

»Auf Ihr Wohl«, sagte er.

Beide tranken einen Schluck Bier.

»Ich bin Taval.«

»Ricarda.«

»Was willst du von mir, Ricarda?« Er ging nicht davon aus, dass sie ihm einfach so geholfen hatte.

»Auf dieser langweiligen Veranstaltung ein bisschen Spaß daran haben, dass die Spießer sich über mich und meinen jungen Lover das Maul zerreißen.«

Taval trank einen Schluck Bier. Dann beugte er sich zu Ricarda und küsste sie auf den Mund. »Das sollte für die Spießer reichen.«

Ricarda warf ihren Kopf in den Nacken und lachte laut. Einige der anderen Gäste sahen tatsächlich zu ihnen herüber. »Was machst du hier?«

»Ich will Silvia Allenstein ein paar Fragen stellen.« Er sah sich um. »Sie ist mir ein paar Antworten schuldig.«

»Na, dann los.« Ricarda griff ihn am Arm und steuerte ihn durch die feine Gesellschaft.

Aber Silvia war nirgends zu entdecken.

»Oh, wer ist denn dieser gut aussehende Mann?«, fragte Ricarda plötzlich.

Taval folgte ihrem Blick und sah Termühlen im schwarzen Smoking. Der hatte sie jetzt ebenfalls entdeckt und kam zu ihnen.

»Herr Termühlen«, sagte Taval, »was machen Sie denn hier?«

»Guten Abend, gnädige Frau«, wandte der sich Ricarda zu und küsste ihr die Hand. »Taval, stellen Sie mich dieser charmanten Dame vor?«

»Ricarda Graf, Nachbarin von Silvia Allenstein. Das ist Herr Termühlen, mein Anwalt.«

»Sie sind also informiert, worin unser Unglücksrabe verwickelt ist?«, fragte Termühlen.

»Wohl eher Unglückskatze«, meinte Ricarda. Beide lachten, als würden sie sich schon seit der Schulzeit kennen.

»Ich residiere in diesem Hotel«, sagte Termühlen. »Zufällig habe ich erfahren, dass heute dieser Empfang stattfindet.« Er machte eine ausladende Geste mit der rechten Hand. Offensichtlich fühlte er sich wohl auf solchen Veranstaltungen. Im Gegensatz zu Taval, dem dieser Smalltalk jetzt schon auf die Eier ging.

Er war fast dankbar, als sein Prepaid-Handy zu brummen anfing. Er sah aufs Display. Eine SMS von

Marianne: »10 Anrufe im 2 Minuten Takt auf deinem Smartphone.« Dann eine Telefonnummer, die Taval nicht kannte. Er entschuldigte sich bei Termühlen und Ricarda, die sich sogleich weiter in ein Gespräch vertieften, unterdrückte seine Rufnummer und wählte.

»Hallo?« Eine Frauenstimme meldete sich. Sie kam Taval irgendwie bekannt vor, nur nicht in so hoher Frequenz und dermaßen aufgelöst.

»Tanja. Was gibt's?«

»Dennis«, schluchzte Tanja ins Telefon. »Er hängt vor'm Spielautomaten, betrunken. Und ich glaube, er hat auch noch was Anderes eingeworfen. Ich habe versucht, ihn nach Hause zu holen, aber das habe ich nicht geschafft. Du musst uns helfen. Bitte, Taval!«

# ZEHN

Taval schlug seinen Mantelkragen hoch. Die Luft war hart und die Straße dunkel. In den Fenstern der Mietshäuser brannte nur vereinzelt Licht. Am Straßenrand parkte ein weißer Kleintransporter ohne Nummernschilder. Eine Straßenlaterne konnte sich nicht entscheiden, ob sie leuchten wollte oder nicht.

Erleichtert entdeckte Taval am Straßenende die grelle Leuchtreklame einer Spielhalle. Als Tanja ihm gesagt hatte, dass Dennis in der Spielhalle trank, hatte er befürchtet, der Kerl würde in einer dieser illegalen Spielstätten herum hängen, die von äußerst unangenehmen Typen betrieben wurden. Die hier sah höchst offiziell aus. Dann durfte sie auch keinen Alkohol ausschenken, und Dennis konnte sich darin nicht einfach so zulaufen lassen. Vermutlich hatte Tanja maßlos übertrieben, damit Taval half.

Ein bulliger Kerl in weißer Daunenjacke kam aus einem Hauseingang, ging auf ihn zu und blieb vor ihm stehen.

»Entschuldigung, können Sie mir sagen wie spät es ist?«

»Sorry, Kumpel. Ich habe keine Uhr.« Auf den Handyklautrick fiel er nicht herein. Auf dunklen Straßen ein einsames Opfer ansprechen, und wenn man das Handy heraus nahm, um auf die Uhr zu schauen, das Handy abzocken und wegrennen. Nicht mit ihm.

»Schade. Trotzdem danke und einen schönen Abend noch.« Der Kerl ging weiter, und Taval roch aufdringliches Rasierwasser.

Überall sah er Verbrechen. Das war seiner Ex unheimlich auf die Nerven gegangen. »Du siehst nur noch das Schlechte in der Welt. Dabei sinkt die Zahl der Verbrechen in unserer Stadt«, hatte sie ihn mit Argumenten zu überzeugen versucht. Vielleicht hatte sie recht.

Dicht hinter sich hörte er plötzlich schwere Stiefelschritte auf dem Bürgersteig. Seine Nackenhaare stellten sich auf. Eine Hand berührte seinen Arm. Blitzschnell drehte er sich um und schlug seinem Angreifer in den Magen. Der klappte vorne über und röchelte, machte aber keinen Versuch sich zu wehren oder gar anzugreifen.

»Was willst du?«, herrschte Taval den Kerl an, der zu seiner Überraschung keine weiße Daunenjacke trug.

»Nicht nochmal schlagen, Herr Taval, bitte«, stieß der hervor und hielt sich den Bauch.

Taval erschrak. Der Mann kannte ihn. Er sah ihn sich genauer an. Ohne seine Chauffeur-Uniform war er gar nicht so leicht zu erkennen.

»Tut mir leid, Mann.« Taval reichte ihm die Hand. »Wieso schleichen Sie sich an mich ran?«

»Habe ich nicht.« Hinnerk richtete sich auf und atmete vorsichtig in den Bauch. »Ich wollte Sie einfach nur einholen, weil ich glaube, dass wir das gleiche Ziel haben. Aber vor der Spielhalle ist absolutes Halteverbot. Also habe ich meinen Wagen in der Parklücke da drüben abgestellt.« Er zeigte auf die andere Straßenseite. Taval sah eine Reihe parkender Autos. An einem verbeulten Kleinwagen fehlte der Außenspiegel.

Muckelige Wärme und entspannende Musik in Zimmerlautstärke empfing Taval und Hinnerk, als sie die Spielhalle betraten. Hinter dem Eingangsschalter hockte ein Graubart und blätterte lustlos in einer Zeitung. Als er die beiden sah, nickte er und sagte: »Sitzt hinten.«

»Danke.« Hinnerk ging zielstrebig an einer nachtblauen Sesselgruppe vorbei und verschwand hinter einem Paravent, der die Spieler vom Eingangsbereich abschirmte.

Taval folgte ihm. Ein Typ mit Schnauzer und hellem Jeanshemd steckte Münzen in den Schlitz eines blinkenden Automaten und starrte auf die sich drehenden Walzen. Dann drückte er auf drei Knöpfe. Und wieder eine Münze.

»Kommen Sie öfter hierher?«, fragte Taval Hinnerk.

»Früher ja. In letzter Zeit nicht mehr. Dennis hatte aufgehört zu spielen. Jedenfalls schien es so. Gestern Abend habe ich ihn das erste Mal seit Monaten wieder hier abgeholt.«

Dennis hing auf einem Lederbarhocker vor einer Commanderconsole eines blau leuchtenden Spielautomaten. Ein Grünäugiger mit roter Kapuze, auf die seltsame goldene Symbole gemalt waren, schaute vom Automaten wachsam auf den Spieler. Mit der rechten Hand bediente Dennis den Spielautomaten, in der linken hielt er einen Flachmann. So viel zum Alkoholverbot, dachte Taval.

»Guten Abend, Herr Allenstein«, sagte Hinnerk.

»Da sind sie ja«, lallte Dennis. »Ein Spiel noch, dann gewinn ich.« Er starrte auf den Automaten.

»Ich denke, wir gehen jetzt. Kommen Sie.« Hinnerk legte Dennis sanft die Hand auf den Unterarm.

»Nein, ich will noch nicht heim.«

Hinnerk nahm ihm den Flachmann aus der Hand und gab ihn an Taval weiter. Der Flachmann war leer und roch nach Wodka. Taval fand den Verschluss auf dem Spielautomaten und schraubte ihn auf den Flachmann. Dennis starrte ihn an und lächelte debil.

»Hey Taval, altes Haus. Wegen gestern tut mir leid.« Und dann kotzte er einen Schwall auf den nachtblauen Nadelfilz und dann noch einen auf Tavals Boots. Na bravo, dachte der und wischte seine Schuhe verstohlen auf dem Teppichboden ab. Er war froh, dass Hinnerk Dennis um die Taille fasste und mit dem Betrunkenen zum Ausgang ging.

»Und wer macht die Kotze weg?« Der Graubart war hinter seiner Theke hervorgekommen.

»Sie«, sagte Hinnerk überraschend bestimmt. »Passen Sie das nächst mal auf, dass der Junge nicht säuft. Das habe ich Ihnen gestern schon erklärt.«

Der Mann schwieg.

»Sie sagen, er war gestern Nachmittag auch hier?« Taval zeigte auf Dennis.

»Nee, ich habe gar nichts gesagt.« Der Spielhallenmitarbeiter schlurfte wieder hinter seinen Tresen.

»Taval, sie haben doch Kontakte zur Kripo. Rufen Sie dort doch einfach mal an und erzählen denen, dass hier Alkohol konsumiert wird«, mischte Hinnerk sich ein.

»Na, wenn ich's recht bedenke«, sagte der Spielhallenmann da plötzlich sehr eifrig, »heute war der Junge schon vor meinem Schichtbeginn hier. Gestern ist er kurz nach mir hier angekommen.«

»Wann war das genau?« Taval wollte es wissen.

»Sie sind ja sehr interessiert. Gestern müsste es so kurz nach fünf gewesen sein. Ja, so war das.«

»Sind Sie ganz sicher?«, hakte Taval nach. Dann wäre Dennis bald nach dem Anruf hier aufgetaucht und nicht beim Haus gewesen.

»Ganz sicher. Um fünf fängt meine Schicht an, und ich wohne hier um die Ecke.«

Auch kein gutes Schicksal, dachte Taval.

Taval hantierte in Tanjas Küche mit seinen Kaffee-Utensilien, die immer noch in der Förde-Spa-Tüte unter dem Küchentisch gestanden hatten. Im Küchenschrank hatte er anständige Kaffeebohnen gefunden, und jetzt durchströmte wunderbarer Kaffeeduft die Küche. Er hatte auf dem Wohnzimmersofa wie ein Stein geschlafen.

Dennis schlurfte in die Küche. Er hatte verquollene Augen, seine Haare standen in alle Richtungen, und er trug die gleichen Klamotten, in denen Taval ihn letzte Nacht hierher bugsiert hatte.

»Hey Taval«, sagte er ziemlich kleinlaut.

»Guten Morgen, Dennis. Rausch ausgeschlafen?«

»Noch nicht ganz. Kann ich einen Kaffee haben?«

Taval nahm einen Becher aus dem Küchenschrank, goss Kaffee hinein und stellte ihn vor Dennis auf den Küchentisch. Dann lehnte er sich an die Arbeitsplatte. »Ausrutscher kommen vor, Dennis. Aber damit sollte jetzt wieder Schluss sein. Was hat dich denn so aufgeregt, dass du wieder spielen und trinken musstest?«

»Ich wollte nicht, dass jemand stirbt. Und ich wollte schon gar nicht, dass Nicole Berger stirbt«, jammerte Dennis.

»Was hast du mit ihrem Tod zu tun?«

»Ich weiß es nicht. Aber ich habe eine riesen Dummheit gemacht.«

Taval schwieg und nickte Dennis über seinem Kaffeebecher hinweg aufmunternd zu. Er hatte seine innere Ruhe zurück.

»Ich habe meine Tante erpresst«, flüsterte Dennis.

Und Taval schwante, dass es mit seiner Ruhe bald schon wieder vorbei sein könnte. »Womit?«

Dennis seufzte und schaute aus dem Fenster, während er weiter sprach: »Mit einem Film. Einem Film, der meine Tante in einem heftigen Streit mit der Berger zeigt. Meine Tante schubst die Berger und die stürzt zu Boden. Ich habe gedroht, den Film auf Youtube hochzuladen und den Link an ihre Klienten und Kollegen zu schicken, wenn sie nicht zahlt.«

»Woher hattest du den Film?«, fragte Taval pragmatisch.

»Den hat Cleo gemacht.«

»Diesen Quatsch hast du gestern schon gelallt. Das war also kein Scherz?« Er hörte Tanja über den Flur ins Bad gehen.

»Nee. Aber es sollte wirklich nur ein Spaß sein. Ich finde das Katzensitten echt ätzend langweilig.« Dennis schaute mit einem Hundeblick zu ihm. »Und um ein bisschen Spaß zu haben, habe ich Cleo eine Kamera ans Halsband gemacht und sie filmen lassen. Die Katze ist im Haus rumgekommen. Das war echt lustig. Ich zeig dir mal ein paar Filme von Ricardas Wohnung. Alter, ey.«

»Und Nicole und deine Tante?« Taval ließ sich nicht ablenken.

»Ich habe die Kamera halt am Halsband gelassen. Dann hat das Katzenviech den Streit gedreht. Ist ziemlich wackelig, aber es gibt ein paar krasse Szenen. Und da ich knapp bei Kasse war …«

»Hast du dir gedacht, bei deiner Tante abzukassieren. Mann, Mann, Mann.« Taval schüttelte den Kopf. »Wieso hast du deine Tante ins Haus bestellt?«

»Habe ich ja gar nicht. Die Geldübergabe sollte in der Grünanlage beim Haus sein. Und da ist nicht Tante Silvia gekommen, sondern die Berger. Und als sie weg war, habe ich das Geld aus dem Mülleimer geholt und dachte, alles ist gut.«

»Das ist nicht dein Ernst, oder? Deine Tante ist doch nicht blöd. War doch klar, dass sie dich beobachtet. Oder dass sie die Polizei holt.« Im Flur sang Tanja vor sich hin.

»Ja? War das klar? Sie wusste doch nicht, wer sie erpresst.«

Taval stöhnte. Dennis war echt nicht der Hellste. »Die Grünanlage ist nicht das Haus. Und das erklärt auch noch nicht, warum du mich angerufen hast. Und wo ist das Geld überhaupt?«

Tanja betrat die Küche, warf einen kurzen Blick zu Dennis, ging hinüber zu Taval, hauchte ihm einen Kuss auf die Wange und sagte: »Danke für die Nacht!«

# ELF

Taval saß allein an Tanjas Küchentisch. Auf dem Tisch stand die Papiertüte mit seinen Kaffeesachen und der teuren Creme. Über den zweiten Küchenstuhl hatte er das Küchenhandtuch zum Trocknen aufgehängt, mit dem er den Abwasch getrocknet hatte. »Zuhause ist, wo deine Katze ist«, las er auf dem Tuch.

Dennis war nach Tanjas Aktion augenblicklich aufgesprungen und hatte sich im Schlafzimmer eingeschlossen. Tanja hatte sich flennend im Badezimmer verbarrikadiert, nachdem Taval sie angefahren hatte, was die Aktion sollte. Kinderkram dachte er. Nur leider wusste er jetzt immer noch nicht, warum Dennis ihn zum Haus bestellt hatte. Schöne Scheiße!

Er nahm sein Prepaid-Handy und wählte Hardenbergs Nummer.

»Ich möchte eine Straftat anzeigen«, sagte er, als die Kommissarin sich meldete.

»Sehr witzig, Taval. Du weißt, dass ich dafür nicht die richtige Ansprechpartnerin bin.«

»Es hat mit deinem aktuellen Fall zu tun.« Er erklärte, was er gerade von Dennis gehört hatte.

»Du verarscht mich doch jetzt, oder? Das klingt wie in einem schlechten Film. Moment, bitte.«

Er hörte Gemurmel bei Hardenberg im Hintergrund, dann sprach sie wieder mit ihm: »Also?«

»Nein. So hat Dennis mir das gerade erzählt.«

»Dann lade ich den Herren mal vor. Oder kommt er freiwillig?«

»Ich glaube nicht, und äh, er ist nicht so gut auf mich zu sprechen.«

»Danke für den Hinweis!«

Kurz bevor Hardenberg auflegte, hörte Taval im Hintergrund Reiter nach der Adresse vom Wochenendhaus des Opfers fragen. Er starrte auf das Telefon. Nicole hatte ein Ferienhaus? Er erinnerte sich, dass Nicole regelmäßig an die Ostsee gefahren ist. Er hatte angenommen, sie wäre nach Scharbeutz oder Travemünde gefahren, wie die Hamburger das halt so machten. Wie verdammt sollte er herausfinden, wo dieses Ferienhaus lag?

Er ging in den Flur, klopfte an die Schlafzimmertür: »Wo ist eigentlich das Ferienhaus der Berger?«

»Du kannst mich mal!«, schrie Dennis.

Taval wich instinktiv einen Schritt von der Tür zurück, auch wenn er eigentlich nicht glaubte, dass

Dennis sich jetzt doch noch mit ihm schlagen wollte. Er hörte, wie Tanja die Badezimmertür öffnete. Er drehte sich um und sah in ihr verheultes Gesicht.

»Da waren wir mal zum Grillen.« Tanja gab ihm ein Stück Toilettenpapier und schloss sofort wieder die Tür. Mit Kajalstift hatte sie eine Adresse in Schönberg auf das Klopapier geschrieben. Hoffentlich verarschte die ihn nicht nochmal.

»Morgen, das ist ja prima, dass dein Taxi frei ist«, versuchte Taval sich mit Smalltalk. Er hatte Marianne angerufen, und sie hatte ihn abgeholt.

»Mein Taxi ist frei, weil ich heute frei habe.« Mariannes Mobiltelefon klingelte.

»Ja, Heinz, was gibt's?« Marianne legte ihre Stirn in Falten. »Oh nein. Danke, Heinz.«

Ohne Taval zu fragen, wo er hin wollte, fuhr Marianne mit quietschenden Reifen los.

»Was ist los?«, fragte er.

»Ich habe die Kollegen gebeten, mir Bescheid zu geben, wenn in der Nähe des Tatorts jemand etwas über eine Katze erfährt. Und jetzt hat man in der Straße eine tote Katze im Rinnstein gefunden.«

»Das ist nicht dein Ernst. Und deshalb machst du jetzt einen auf Rennfahrerin?«

»Was bist du eigentlich für ein Typ? Langsam glaube ich, du hast die Frau doch auf dem Gewissen, so herzlos, wie du mit dem Tier umgegangen bist.

Also erstens, ist es ein Lebewesen, und zweitens ist es eine Sphinx-Katze. Das ist was ganz Besonderes.«

»Fertig mit deiner Predigt?«

»Du kannst auch wieder aussteigen. Ich habe frei heute. Schon vergessen?«

»Nein. Sorry. Gut, schauen wir zuerst nach der Katze.«

Schweigend fuhren sie die wenigen Straßen zum Tatort und hielten auf dem Seitenstreifen, wo am Sonntag kein Auto parkte. Marianne stürzte aus dem Auto auf ein felliges Etwas zu, das im Rinnstein lag.

Fellig, dachte Taval, es war also nicht Cleo. Irgendwie erleichterte ihn das.

»Eine Ratte.« Marianne kam zum Wagen zurück. »Ich kann mir schon vorstellen, wer die Info rumgegeben hat, um mir eins auszuwischen. So ein Arschloch.«

»Ein Ratte also.«

»Ja, gibt viele davon hier in der Stadt.«

Taval war nicht ganz klar, ob Marianne damit tatsächlich die Tiere meinte.

Er nannte Marianne die Adresse in Schönberg. Und sie machte ihm klar, dass er die Tour bitte schön auch bezahlen musste. Schweigend fuhren sie durch die Stadt.

Er warf einen Blick in den Außenspiegel.

»Uns folgt niemand. Das würde ich bemerken. Ich fahre seit 17 Jahren Taxi«, blaffte Marianne.

»Observierungen sind darauf ausgelegt, dass man sie möglichst nicht bemerkt.«

»Der Herr Ex-MEK muss es ja wissen.« Marianne schien heute keine gute Laune zu haben.

»Hast du eigentlich mein Handy noch?«, fragte er trotzdem.

»Nee.«

»Was heißt nee?«

»Andere Leute haben auch ihre Probleme, nicht nur du.« Sie blickte finster vor sich auf die Straße. »Das hat so ein Kommissar Reiter mitgenommen.«

Taval erstarrte. »Was? Wann? Warum erzählst du mir das nicht gleich?«

»Ich hatte zu tun.«

»Für so ein scheiß Katzenmedium hast du Zeit, und wenn mich jemand zehnmal anruft, meldest du dich, aber wenn die Polizei mein Telefon holt, dann nicht?«

Marianne verzögerte das Tempo und hielt am Straßenrand. »Steig aus!«, befahl sie.

Termühlen steuerte den Porsche an einem Maschendrahtzaun entlang, der ein Winterlager für Sportboote umzäunte. Der Anwalt hatte ihn angerufen, als Taval gerade eine Tankstelle betrat. Termühlen hatte ihm befohlen, sich nicht von Fleck zu rühren, und ausnahmsweise mal das zu machen, was er ihm sagte. Wenig später war der Porsche auf die Tankstelle geglitten und hatte Taval, der auf einem Kantstein vor der Tankstelle wartete, eingesammelt.

Jetzt parkte Termühlen den Wagen und hielt Taval

Einmalhandschuhe hin. »Durchsuchen Sie die Nicole, eine Motoryacht, die Nicole Berger von ihrem Vater geerbt hat. Beeilen Sie sich!«

Prima, Termühlen, dachte Taval, als er über den Zaun kletterte und seine Blessuren spürte. Was für ein beschissener Sonntagmorgen. Aber wenn der Anwalt ihn zu einem Einbruch verleitete, dann musste er etwas erfahren haben, was diese Aktion, nun, zumindest notwendig machte.

Taval ging über das Bootsgelände. Er sah zahlreiche Segelyachten. Sein Magen knurrte. In der Tankstelle hatte er festgestellt, dass er sein Portemonnaie verloren hatte. Als er das Käsebrötchen aus der Glastheke bezahlen wollte. Das Salatblatt drauf war sowieso welk gewesen.

Da eine Motoryacht! ‚Feierabend III' stand in goldenen Buchstaben am Heck.

Er hoffte, das Portemonnaie bei Marianne im Taxi verloren zu haben. Er hatte ihr auf die Mailbox gesprochen, weil sie nicht rangegangen war. Die war bestimmt immer noch beleidigt.

Taval hörte zwei Männer, die sich über Unterwasserfarbe unterhielten. Er schlug einen Bogen um drei weitere Boote, um ihnen nicht in die Arme zu laufen. Dann fand er die ‚Nicole'.

Er zog die Handschuhe an. Natürlich war die Leiter an den Stützen des Bootes angeschlossen. Das wäre ja jetzt auch zu einfach gewesen. Beim Nachbarboot hatte er Glück. Er stellte die Aluleiter an den Schiffsrumpf, löste die Plane, die über das Boot gespannt war, und klettere darunter. Die Motoryacht war zu seinem Glück nicht verschlossen. Taval stieg die kleine Treppe herunter, die unter Deck führte.

Im Inneren roch es nach Diesel und Feuchtigkeit. Er setzte sich auf eine Holzbank, über die in der Saison ein Polster gehörte. Wo sollte er suchen? Und vor allem was? Das hatte Termühlen ihm nicht gesagt. In einem Holzfach über der Koje standen ein paar Bücher. Er fand eine Flasche Sherry. Die anderen Fächer im Schiffsinneren waren leer. Er setzte sich wieder auf die Koje und trommelte mit den Fingern auf den Holztisch in der Mitte des Salons. Die Suche hatte nichts ergeben. Als er aufstand, stieß er mit dem Knie an die Tischkante, die Tischplatte hob sich. Taval klappte die Tischplatte auf. Darunter befand sich ein Fach mit Seekarten. Darauf lag eine Aktenmappe, die mit ‚Ruth Labenda' beschriftet war. Na bitte!

Taval machte Fotos und fluchte über das billige Handy. Aber das musste reichen. Er wollte keine Beweismittel klauen. Das erste Dokument in der Mappe war die Auswertung eines Gentests. Der besagte, dass die beiden getesteten Personen in weiblicher Linie miteinander verwandt waren. Das Zweite war die Kopie einer Geburtsurkunde. Ruth Labenda hatte 1948 eine Ursula geboren, Vater unbekannt.

Alles klar, dachte Taval, das könnte erklären, warum

Ruth Allenstein Nicole das Haus vererben wollte. Nicole war vermutlich ihre Enkelin, vom Alter würde es passen. Vielleicht war jemand aus der allensteinschen Bagage nicht so glücklich über den Familienzuwachs. Oder ging es noch um etwas anderes?

# ZWÖLF

Taval zurrte die Plane über der ‚Nicole' wieder fest. Auf dem Kiesplatz zwischen den anderen Schiffen hörte er laute Stimmen.

»Nein, Chef, dieses Boot heißt ‚Adler 2'.«

»Wieso gibt es eigentlich keinen Plan, welches Boot wo steht. Und wo bleibt der Platzwart?«

Taval erkannte Reiters Stimme. Sein Puls schnellte in die Höhe. Wenn der ihn hier auf der Leiter erwischte, dann würde es mächtig Ärger geben, von wegen Behinderungen der Ermittlungen und Einbruch und sonst noch was.

Er kletterte zügig die Leiter hinab. Sein Puls raste. Zeit sie ordnungsgemäß wegzupacken, blieb keine mehr. Dann riskierte er, dass Reiter ihn entdeckte. Sie stehen zu lassen, war aber auch keine Option. Wenn der ganz sicher rachelustige Kommissar ihn dann bemerkte, war gleich klar, was er gemacht hatte. Also doch geordneter Rückzug. Mit zitternden Händen verstaute er die geliehene Aluleiter am Nachbarboot. Er hörte Schritte auf dem Kies hinter sich.

»Hier Chef, das ist die ‚Nicole'.«

Jetzt erkannte Taval auch Oleschewskis Stimme. Auf leisen Sohlen entfernte er sich in die entgegengesetzte Richtung, aus der die beiden Polizisten gekommen waren. Eigentlich hatte er nichts zu befürchten. Er war von der Yacht schon wieder runter. Und sie konnten ihm nichts beweisen. Zufällig war er auch hier. Taval, die beiden sind nicht dumm. Das wäre schon ein bisschen viel Zufall.

»Hey, Sie da!« Reiter brüllte in seine Richtung.

Taval ging einfach weiter. Er tat, als hätte er den Kommissar nicht gehört.

»Taval?« Reiter klang ungläubig und wütend.

Taval sprintete los. Der Kies unter seinen Füßen spritze in alle Richtungen. Seine geprellte Rippe nahm ihm fast die Luft.

»Bleiben Sie stehen!« Der Kommissar war ihm dicht auf den Fersen.

Taval schlug einen Haken hinter dem roten Kiel einer Segelyacht und schlitterte um das Metallgestell, auf dem die Yacht stand. Er fing sich, hielt das Gleichgewicht und rannte keuchend weiter. Reiter war immer noch dicht hinter ihm. Taval riss eine Leiter um, die an einem Schiffsrumpf lehnte, und hörte Reiter hinter sich fluchen.

»Alles klar, Chef?« Oleschewski schien bei Reiter angekommen zu sein.

Taval erreichte den Maschendrahtzaun und rannte an ihm entlang. Irgendwo müsste der Ausgang sein. Irgendwo müsste Termühlen mit seinem Porsche auf ihn warten. Da hinter dem Zaun fuhr Termühlens dunkelblauer 911er.

Ein Koloss von einem roten Arbeitsoverall mit einer Eisenstange in der Hand tauchte zwischen zwei Schiffsrümpfen auf und stellte sich ihm in den Weg. Taval drehte und rannte geradewegs in die muskulösen Arme eines weiteren Bootsbesitzers.

Taval wischte sich Remouladensoße vom Kinn. Termühlen und er standen an einem Holzfasstisch vor einem Fischimbiss mit Premium-Blick auf die Förde. Der Wind, der über das Wasser wehte, hatte eine eiskalte Note.

»Herr Taval, tut mir leid, dass ihr Fall jetzt eskaliert ist.« Termühlen hatte Taval zum Fischbrötchen eingeladen. Ihm schien die Sache sehr unangenehm zu sein.

»Hm«, brachte Taval mit vollem Mund nur hervor. Die beiden Bootsbesitzer hatten ihn festgehalten, Reiter hatte ein Mordsgezeter veranstaltet, dann hatten sie ihn durchsucht und nur das Prepaid-Handy gefunden. Und das war schließlich nicht verboten.

»Ich biege das wieder gerade. Da geht bestimmt etwas mit dem falschen Haftbefehl.«

Zwei Möwen zerrten an einem Brötchenrest, den die eine aus einer Mülltonne gefischt hatte.

»Woher wussten Sie von der Yacht?«, fragte Taval.

»Die Abendgesellschaft gestern war äußerst ergiebig«, antwortete Termühlen nebulös. »Nicole war nicht ganz die Frau, für die ich sie gehalten hatte.«

Das hatte Taval auch schon festgestellt. Er biss in sein Seelachsbrötchen.

»Wolfgang Allenstein hat ein wasserdichtes Alibi: ein unscharfes aber eindeutiges Blitzerfoto auf der A7 nach Hamburg.« Termühlen führte das letzte Stück seiner Fischfrikadelle mit einer Gabel zu seinem Mund.

»Woher wissen Sie das schon wieder?« Taval war einmal mehr über seinen Anwalt erstaunt. Der kaute genüsslich und legte dann sein Besteck ordentlich auf den Teller.

»Ich war heute Morgen nochmal auf dem Revier. Und da ist mir die Information, sagen wir mal, in die Hände gefallen. Sie haben da gerade die attraktive Kommissarin angerufen.« Termühlen grinste. »Mir gefällt es übrigens gar nicht, wenn man meine Mandanten mit einem falschen Haftbefehl unter Druck setzen will.« Er tupfte sich den Mund mit einer Papierserviette ab.

»Dann bleiben Ruth und Silvia als Täterinnen. Oder es war jemand ganz anders. Aber das glaube ich nicht.« Taval übernahm die Gesprächsführung. »Silvia lag laut dieser Kateryna vom Beauty-Hotel zu der Zeit unter einer Aloevera-Maske. Ruth war zuhause, irgendeine Wagner Nummer im Fernsehen.«

»Schwaches Alibi. Aber würde Ruth Allenstein ihre Enkelin töten? Denn das war Nicole doch, wenn ich die Unterlagen, die Sie auf der Yacht fotografiert haben, richtig interpretiere.« Termühlen faltete die Papierserviette und legte sie unter dem Besteck ab. »Das hieße dann auch Wolfgang und Nicole waren verwandt.«

Taval und Termühlen schwiegen und sahen auf die Förde. Das wollte sich Taval nicht vorstellen. Er räusperte sich: »Dann müssten wir Silvias Alibi nochmal prüfen.« Sein Handy vibrierte einmal kurz in seiner Jackentasche.

»Nein, Herr Taval. Ich bin schon zu weit gegangen, dass ich Sie zu dem Einbruch überredet habe. Das gehe ich geradebiegen. Und auch Sie lassen ab jetzt die Polizei ermitteln.«

»Klar.« Taval stecke sich den letzten Bissen seines Fischbrötchens in den Mund. Dann zog er sein Telefon aus der Tasche. Eine SMS von Bernie.

Taval stand an Gleis 5 des Kieler Bahnhofs. Der Zug aus Hamburg war gerade eingetroffen. Die Massen strömten auf ihn zu, denn auf dem Kopfbahnhof gab es nur einen Ausgang. Eine Lautsprecherdurchsage informierte über Anschlusszüge.

Bernie hatte gesimst, dass Nicoles Ex-Lover um 13.48 Uhr ankommt. Und mit dem wollte Taval unbedingt sprechen, bevor er sich nochmal Silvias Alibi widmete.

Zwei Beamte der Bundespolizei standen ebenfalls am Bahnsteig, aber das war Routine. Von den Kieler Polizisten konnte Taval niemanden entdecken. Dafür den Mann mit der auffälligen roten Brille und dem silbernen Rollkoffer, den Bernie in seiner SMS treffend beschrieben hatte.

»Konrad Thomsen?« Taval ging auf ihn zu.

»Wer will das wissen?«, fragte Thomsen in wenig einladendem Tonfall.

»Jesper Taval. Ich bin ein Bekannter von Nicole Berger und würde Ihnen gerne ein paar Fragen stellen.« Er ging neben dem Mann her, der zielstrebig Richtung Ausgang lief.

»Sind Sie von der Presse? Hauen Sie ab.« Thomsen lief schneller. Der Rollkoffer surrte.

»Nein. Sie müssen mir helfen. Jemand will mir den Mord an Nicole anhängen.« Er rempelte eine Frau mit Rastalocken und Reiserucksack auf dem Rücken an.

»Hören Sie,« Thomsen blieb stehen und schaute Taval in die Augen, »ich bin gerade aus New York zurückgekommen. Ich habe seit Stunden nicht geschlafen. Die Polizei hat mich am Flughafen abgefangen und auf dem Revier befragt. Eine Frau, die ich mal sehr gern hatte, ist getötet worden. Lassen Sie mich einfach in Ruhe.«

»Was hatte Nicole mit der Familie Allenstein zu tun?« Taval ging hinter Thomsen her, der sich wieder in Bewegung gesetzt hatte. Beide Männer stellten sich auf die Rolltreppe, die nach unten Richtung Ausgang und Taxistand fuhr.

»Herr Taval, es tut mir sehr leid, dass Nicole Sie in ihre Machenschaften verwickelt hat. Aber ich bin sicher, dass die Polizei alles aufklären wird.« Er trat von der Rolltreppe und zerrte den Koffer hinter sich her.

»Warum ist es so ein Geheimnis, dass Ruth Allenstein Nicoles Großmutter ist?« Taval schrie die Frage durch die Eingangshalle des Bahnhofs, die am Fuß der Rolltreppe lag.

Thomsen stoppte vor der Glastür zum Taxistand. Die Schiebetür öffnete und schloss sich, ohne dass er hindurch ging. Taval schritt durch die Halle, baute sich vor Thomsen auf und schaute ihn herausfordernd an.

Thomsen schien einen Moment nachzudenken, dann sagte er mit wohlbetonten Worten: »Das Geheimnis ist nicht die Großmutter, sondern der Großvater.«

Taval ging durch eine Straße mit vielen türkischen Händlern. Die Balkone der Häuser waren mit Satellitenschüsseln gepflastert. Nach dem Gespräch mit Thomsen freute er sich auf das Treffen mit Ruth Allenstein. Endlich hatte er ihr etwas Stichhaltiges entgegenzusetzen. Vorher wollte er nochmal das Alibi von

Silvia Allenstein checken. Dann war er bestens vorbereitet für das große Familientreffen, von dem ihm Wolfgang Allenstein bereits am Freitag in Silvias Wohnung erzählt hatte. Da hätte er sich nicht träumen lassen, dass er selbst planen würde, dort aufzutauchen.

Er inspizierte die Klingelschilder im Eingangsbereich eines viergeschossigen Mehrfamilienhauses, der großzügig mit Graffitis beschmiert war. Im Beauty-Hotel hatte er erfahren, dass Kateryna sich für heute krankgemeldet hatte. Er hatte sich am Telefon als Polizist ausgegeben und ihren Nachnamen und die Privatadresse in Erfahrung gebracht. Die Leute waren echt leichtgläubig. Er fand Kateryna auf dem mehrfach überklebten Klingelschild, drückte den Knopf und wurde ins Haus gelassen.

Im Treppenhaus hörte er, wie im ersten Stock eine Tür geöffnet wurde, ging die Treppe hinauf und klopfte an die offene Tür.

»Du bist ja früh heute«, erklang eine Frauenstimme aus der Wohnung. »Das passt gut. Wir haben die Wohnung für uns.«

»Entschuldigung«, sagte er in die Wohnung hinein.

Eine Frau in Katerynas Alter mit enger Jeans, einem knappen T-Shirt, schrillem Make-up und langen Fingernägeln erschien in der halb geöffneten Tür. »Wer sind Sie?«

»Ich würde gerne mit Kateryna sprechen.« Er blieb im Hausflur stehen.

»Die ist nicht da.« Sie hielt sich an der Türklinke fest und knotete ein Bein hinter das andere. »Und sie kommt auch nicht wieder. Ich habe heute die Miete für die letzten drei Monate von ihr bekommen und dann ist sie mit Sack und Pack abgehauen.«

»Wissen Sie wohin?« Taval registrierte eine Bewegung im Wohnungsflur. Auf einem weißen Schuhschrank stand eine goldene Winkekatze.

»Zurück nach Hause nehme ich an.« Sie rollte eine Strähne ihrer schwarzen Haare um ihren Zeigefinger. »Zu ihrem Kind. Da wollte sie doch eh hin, hat jeden Cent dorthin geschickt.«

»Und wo ist das, ihr Zuhause? Wissen Sie das?« Er hatte so seine Befürchtungen.

»In der Ukraine.«

Und sie wurden bestätigt. Ihm wurde flau im Magen.

»Eine Adresse habe ich aber nicht. So dicke waren wir nicht. Die hatte hier ein Zimmer, das war alles.« Sie kniff ihre zu einem dünnen Strich nachgemalten Augenbrauen zusammen. »Scheiße, jetzt muss ich mir eine neue Mitbewohnerin suchen, von einem Tag auf den anderen.«

»Woher hatte Kateryna denn plötzlich so viel Geld?« Er hatte eine Vermutung. Kateryna hatte erwähnt, dass Silvia Allenstein ihr sehr geholfen hatte.

»Ja, das war komisch. Sie hat ganz selig gelächelt und gesagt: Hatice, es gibt noch richtig gute Menschen.« Das schien sie zum Nachdenken zu bringen. »Wieso wollen Sie das eigentlich alles wissen? Sind Sie von der Polizei oder so?

»Nein.« Er schüttelte den Kopf und hielt die Beauty-Spa-Tüte hoch. »Ich bin ein Bekannter von Kateryna. Schade, dann werde ich sie nicht wiedersehen. Schönen Tag noch. Und danke.«

Das war's, Taval, dachte er, als er die Treppe runterging. Jetzt kriegen sie dich bei den Eiern. Silvia Allenstein ist höchstwahrscheinlich die Mörderin von Nicole, und du kannst es nicht beweisen.

# DREIZEHN

Taval betrat die Lobby des Clubs. Neben schwarzen Ledersesseln saß Ruth Allenstein in ihrem Rollstuhl und sprach mit einer Kellnerin. Taval ging zu den Frauen hinüber. Auf dem Weg zum Club hatte er die Fakten sortiert und sich einen Plan zurechtgelegt.

»Frau Allenstein, ich wünsche Ihnen einen wunderbaren Tag.« Er hob ihre Hand an seine Lippen und deutete einen Handkuss an.

»Lassen Sie das! Sind Sie übergeschnappt?«, fauchte sie ihn mit gedämpfter Stimme an.

Er hängte seine Spa-Tüte an ihren Rollstuhl und packte dessen Griffe.

»Wo sitzen wir denn?«, fragte er die Kellnerin.

»Im Salon, der ist …«

»Danke, wir finden den Weg«, sagte Ruth Allenstein knapp. Die Hände der jungen Frau blieben in der Luft stehen und zeigten zu einer Tür.

Die Alte atmete deutlich hörbar. Aber Taval hatte die Lage richtig eingeschätzt. Sie würde in der Öffentlichkeit ihres Stamm-Restaurants keine Szene machen. Schwungvoll rollte er sie in Richtung Salon.

»Dann haben Sie sich mein Angebot doch noch einmal überlegt«, stellte das allensteinsche Familienoberhaupt wie selbstverständlich fest.

»Allerdings, ich werde es nicht annehmen.«

»Wenn Sie lieber ins Gefängnis möchten, bitte.«

»Oh, ich habe nicht vor ins Gefängnis zu gehen. Ganz im Gegenteil. Ich werde Ihnen nämlich bei Ihrem kleinen Familientreffen den Mörder von Nicole präsentieren.«

»Was erlauben Sie sich?«, zischte die Allenstein.

»Alles, gute Frau, einfach alles.« Taval hielt den Rollstuhl an, drehte ihn schwungvoll zu sich um, beugte sich zu der Alten herunter und sah ihr ganz nah direkt in die Augen. »Ich werde herausfinden, warum einer von Ihrer Mischpoke mir einen Mord anhängen wollte. Und Sie werden mich nicht daran hindern.« Er richtet sich wieder auf.

»Sie wissen also immer noch nichts?« Verächtlich schaute sie zu ihm auf. Er stand gerade dicht genug vor ihr, dass sie den Kopf einen Tick zu weit in den Nacken legen musste. Das würde sie nicht lange durchhalten. Und das tat sie auch nicht. Sie rollte ein Stück zurück. Eine Niederlage. Sie wusste es, und sie wusste, dass er es wusste. Und sie nahm es ihm übel.

»Sie haben Nicole auf jeden Fall nicht ermordet.« Taval forschte in ihrem faltigen Gesicht mit den kalten Augen nach einer Reaktion.

»Natürlich nicht.«

»Das hätte viel zu viel Aufmerksamkeit auf Sie und ihre Familie gelenkt. Deshalb hätten Sie auch gerne mich als Täter gekauft. Sie wollten um jeden Preis verhindern, dass Ihre Vergangenheit ans Licht kommt.« Er langte wieder nach den Rollstuhlgriffen.

Taval schob Ruth Allenstein in den Salon. Das Geräusch der Räder ihres Rollstuhls auf dem Parkettboden war überlaut in der Stille des Raumes, in dem nur eine der drei Gründerzeit-Sitzgruppen belegt war.

Dennis lümmelte auf einem Sofa und tippte auf seinem Smartphone herum. Neben ihm saß Wolfgang mit überschlagenen Beinen in der anderen Sofaecke. Tiefe dunkle Augenringe zeigten seine Müdigkeit, sein Blick war auf die eigenen Knie gerichtet. Silvia saß mit durchgedrücktem Rücken in einem Sessel und starrte zu ihrem Bruder hinüber, als erwarte sie eine Antwort von ihm, die nicht kam.

Am Kopfende des kleinen Teetischchens, in der Mitte der Sitzgruppe, stellte Taval Ruth Allenstein in ihrem Rollstuhl ab.

»Was macht der hier?« Wolfgang blickte seine Mutter auffordernd an und machte zu Taval eine wegwerfende Geste mit der Hand.

Auch Dennis warf ihm einen unfreundlichen Blick zu. Kein Wunder, der dürfte inzwischen ausführliche Gespräche mit der Polizei und seiner Tante gehabt haben. Taval konnte sich vorstellen, dass die Unterhaltung mit Silvia Allenstein weit unangenehmer gewesen war als die Vernehmung bei der Polizei.

»Ihre Frau Mutter hat mich sozusagen eingeladen.« Er setzte sich auf den freien Sessel neben Silvia und stellte die Förde-Spa-Tüte neben sich auf den Boden. Dann sah er zu Ruth Allenstein. »Frau Allenstein, ist es nicht an der Zeit, die Katze aus dem Sack zu lassen?«

Eine Kellnerin betrat den Salon. Über ein Tablett mit fünf Sektgläsern sah sie Ruth Allenstein fragend an.

Die nickte ihr kaum merklich zu und sagte, ohne Taval anzusehen: »Sie haben wirklich keinen Stil, Herr Taval.«

Die Kellnerin ging von einem zum anderen. Ruth nahm ihr Glas und schaute erwartungsvoll in die Runde. Silvia zögerte kaum merklich, nahm dann ein Glas und stellte es auf dem Tischchen ab. Wolfgang griff zu und dankte der Kellnerin. Taval lehnte mit einer Handbewegung ab. Das fehlte ihm gerade noch, mit der Bagage Sekt trinken. Dennis nahm ganz selbstverständlich einen Sekt, sah aber sofort weg, als Tavals Blick seinen traf.

»Ich begrüße euch zu diesem besonderen Familientreffen. Die Tradition der monatlichen Sonntagstees pflegt die Familie Allenstein seit 65 Jahren.« Ruth Allenstein hob ihr Glas in die Runde, dabei ignorierte sie Taval.

Dem war das Recht. Es gab ihm die Gelegenheit, die Situation abzuschätzen. Wolfgang murmelte etwas vor sich hin. Silvia schaute unbeweglich aus ihrer Make-up-Maske. Dennis wippte mit einem Bein.

»Heute sollte ein besonderer Sonntag sein. Auf eine andere tragische Weise ist er es auch geworden. Wolfgang, Silvia, Dennis, ich wollte Euch meine Enkelin Nicole vorstellen.«

Dennis glotzte seine Großmutter an. Wolfgang und Silvia allerdings schienen nicht überrascht. Taval wäre wütend geworden, wenn seine Mutter ihm indirekt mitgeteilt hätte, dass er noch eine Schwester hatte. Aber vielleicht hatten sie es alle auch schon gewusst. Oder hier ließ sich einfach niemand in die Karten sehen.

»Nun hat uns dieses Familienmitglied verlassen, bevor wir sie in unserem Kreis begrüßen konnten. Ich erhebe mein Glas in Gedenken an Nicole Berger.« Ruth Allenstein hob ihr Glas. Die anderen prosteten ihr verhalten zu.

Dennis hatte nichts davon gewusst. Das stand ihm deutlich ins Gesicht geschrieben. Oder er hatte nicht verstanden, worum es ging. Silvia nippte an ihrem Getränk.

»Mutter, was soll das Ganze?« Wolfgang stellte sein halbleeres Glas auf dem Tischchen ab.

»Ich habe nach dem Tod eures Vaters und Großvaters begonnen, nach Nicoles Mutter zu suchen. Denn erst zu diesem Zeitpunkt durfte der steinerne Sarkophag einen Riss bekommen, den ich nach ihrer Geburt um mein Herz gelegt hatte.«

Wolfgang stöhnte. Silvia rollte mit den Augen. Dennis stand der Mund offen. Taval wartete gespannt, wie es weiter ging. Er genoss das Schauspiel.

»Niemand außer meiner Mutter hat gewusst, dass ich vor der Hochzeit mit Herbert bereits eine Tochter auf die Welt gebracht habe.« Sie schien weit weg zu sein.

»Du hast uns all die Jahre verschwiegen, dass wir noch eine Schwester hatten!« Silvia machte eine hektische Geste mit der Hand durch die Luft.

»Ihr Vater war meine große Liebe«, fuhr Ruth Allenstein unbeirrt fort. »Aber er hatte schon eine andere Familie. Davon hatte er mir nichts erzählt. Er war auf der Flucht von ihr getrennt worden und dachte, sie wären alle tot. Doch dann hat er sie wieder gefunden und mich verlassen.«

»Was für eine rührende Geschichte.« Silvia stürzte ihren Sekt hinunter und erhob sich vom Sessel.

»Haben Sie da nicht ein interessantes Detail weggelassen?« Taval hatte schließlich von Thomsen erfahren, wer Ruth Allensteins große Liebe seinerzeit gewesen ist.

»Wie meinen Sie das?« Sie schaute ihn aus ihren eiskalten Augen an, die nicht zu der rührenden Geschichte passten, die sie gerade erzählt hatte.

Auf so einen Moment hatte er die ganze Zeit gewartet. »Nicoles Großvater, Ihre große Liebe, war nicht irgendwer. Und er war auch nicht auf der Flucht.«

»Halten Sie den Mund!« Die Stimme der Alten drohte ins Schrille zu kippen.

»Die Welt soll nicht erfahren, dass Sie ein Kind von einer Nazigröße bekommen haben, richtig?«, setzte Taval nach. So langsam kam er in Fahrt. Aus den Augenwinkeln sah er Wolfgang nach Luft schnappen. Silvia ließ sich wieder in ihren Sessel sinken.

Ruth Allenstein fixierte ihn mit ihren kalten Augen. Ihr Gesicht war kreidebleich geworden. »Wer hat Ihnen das erzählt?«

»Sie wollten Nicole das Haus nicht vererben, weil sie ihre Enkelin war, sondern weil Sie von Ihr erpresst wurden.« Das war Taval nach dem Gespräch mit Thomsen klar geworden. Und der sich senkende Blick der Alten gab ihm Recht. Sie hatte gezahlt.

Silvia lachte hysterisch auf. »Du wolltest dir gar nicht ihre Zuneigung kaufen, sondern ihr das Maul stopfen?«

»Haben Sie Nicole Berger deshalb getötet?« Taval starrte Silvia an. »Weil Sie geglaubt haben, ihrer Mutter wäre Nicole wichtiger als Sie?«

»Was reden Sie da?« Wolfgang stand langsam auf.

Und auch Dennis schien aus seiner Schockstarre zu erwachen. »Ey, Taval, ich check jetzt echt gar nichts mehr.«

Taval ließ sich nicht ablenken und sah Silvia weiter an. »Ich will wissen, warum Sie Nicole Berger getötet haben. Und streiten Sie den Mord nicht ab.«

»Sie sind ja wahnsinnig, sie hergelaufener Ex-Bulle.« Silvia hatte ihren Rücken wieder stocksteif durchgedrückt.

Taval nahm die Gesichtscreme aus der Papiertüte und platzierte sie vor ihr auf dem Teetisch. »Ich soll Ihnen viele Grüße von Kateryna ausrichten.«

Silvia schnappte nach Luft.

»Ich suche Herrn Taval«, unterbrach die Kellnerin, die unbemerkt den Salon betreten hatte. Sie hielt ein Portemonnaie hoch. »Das hat jemand für ihn abgegeben.«

Taval rannte auf den Parkplatz des Clubs. Silvia Allenstein sah er nicht. Marianne stand neben Hinnerk am Jaguar und schnackte. Und Kommissar Reiter stieg gerade aus dem hellblauen Ford Mondeo.

Da quietschen aber auch schon Reifen und ein schwarzer Audi schoss aus einer Parklücke, fuhr haarscharf an Taval vorbei. Er sprang zur Seite, sah Silvia am Steuer. Sie bog nach rechts auf die Uferstraße. Er stürmte zu Mariannes Taxi und riss die Fahrertür auf.

»Das ist mein Taxi! Spinnst Du?« Marianne hastete zu ihm herüber.

»Gib mir die Schlüssel!« Er hatte sich bereits auf dem Fahrersitz angeschnallt. Von dieser Silvia ließ er sich doch nicht ins Bockshorn jagen. Schlimm genug, dass sie ihm im Salon entwischt war, weil die Bedienung mit seinem Portemonnaie so blöd im Weg rumgestanden hatte.

Marianne riss die Beifahrertür auf, warf ihm den Schlüssel in den Schoß und schmiss sich in den Sitz.

Er startete den Wagen und setzte zügig aus der Parklücke. »Sorry, Marianne, tut mir leid. Bei mir steht echt was auf dem Spiel.«

»Bei mir auch, Taval. Meine Existenz. Ich steh kurz vor der Insolvenz, wenn nicht ein Wunder passiert.«

Er bog auf die Uferstraße.

»Und dann kommst du mit deinem Räuber- und Gendarm-Scheiß.« Sie zuckte zusammen, als er runter schaltete und Gas gab. Er hatte das Taxi von Automatik auf manuelles Sportgetriebe umgeschaltet.

»Da nach rechts, ich sehe ihren Audi.« Marianne gestikulierte vor der Windschutzscheibe herum.

Taval fuhr einem roten Kleinwagen dicht auf die Stoßstange und überholte. Ein entgegenkommender Surfbus-Fahrer hupte und zeigte ihm einen Vogel.

»Dann sind wir ja schon zwei«, sagte er, »die ein Wunder brauchen.«

Silvia Allenstein war drei Autos vor ihnen. Sie rasten an der Förde entlang.

»Ich bin am Donnerstag endgültig aus dem Dienst entfernt worden. Ohne Aussicht auf Rückkehr.« Im Rückspiegel sah er einen dunkelblauen Kombi aufholen. »Raus. Aus. Ende.« Er erkannte Hardenberg am Steuer, sie hatte ein Blaulicht auf das Autodach gestellt und eingeschaltet.

Die Autos auf der Uferstraße fuhren rechts ran und hielten. Nur Mariannes Taxi und Silvias Audi nicht.

»Wenn ich diese Mordanklage nicht loswerde, bin ich komplett am Arsch.«

Silvia fuhr immer schneller. Aber Taval holte auf.

»Du musst anhalten, verdammt!« Marianne klammerte sich am Haltegriff fest. »Hinter uns ist ein Polizeifahrzeug mit Blaulicht.«

»Ich weiß, was ich tue.« Er drückte auf das Gaspedal.

»Du bist nicht mehr dabei. Du bist Zivilist.« Marianne hielt die Luft an, als sie über eine rote Ampel rasten.

»Übrigens, hinter uns fahren mehr als ein Polizeifahrzeug mit Blaulicht. Und von vorne kommen hoffentlich auch bald welche.« Adrenalin durchflutete Tavals Adern. Er genoss den Kick und fühlte sich lebendig.

Seine Beifahrerin drehte sich um.

Er beschleunigte weiter. »Wenn ich hier heil rauskomme, helfe ich dir. Versprochen!«

Silvia überholte. Taval scherte aus und fuhr über den Gehsteig. Passanten sprangen zur Seite. Er klebte jetzt direkt an ihrer Stoßstange.

»Danke übrigens für mein Portemonnaie.« Er hatte

die Situation im Griff. Er war sich sicher, dass er Silvia Allenstein erwischen und zur Rede stellen konnte.

Plötzlich bog sie nach links auf einen Parkplatz an der Förde ab. Ein LKW kam von vorne und betätigte die Lichthupe. Taval riss das Steuer herum und folgte dem Audi. Der LKW hupte. Hardenberg war dicht hinter ihnen und schaffte es ebenfalls noch, vor dem LKW abzubiegen. Zwei Streifenwagen und der Mondeo fuhren geradeaus weiter.

»Hier kommt sie nicht raus.« Marianne ließ den Haltegriff los. »Jetzt haben wir sie.«

Silvia fuhr hinter dem nächsten Haus rechts, Taval hinterher. Von vorne kamen zwei Streifenwagen und versperrten ihr den Weg. Doch Silvia verminderte ihr Tempo nicht, gab sogar noch mehr Gas. Plötzlich scherte der Wagen nach links aus. Taval trat mit voller Wucht auf die Bremse.

»Oh Gott!« Marianne hielt den Atem an.

Silvia Allenstein raste vor ihren Augen in die Förde.

# VIERZEHN

Die schwarze schusssichere Weste hing immer noch in Reiters Büro am Garderobenständer. Auf dem lila Sofa saß Termühlen und tippte auf seinem Laptop.

»Herr Taval, schicker grüner Anzug. Das hatten wir doch schon mal dieses Wochenende.« Trotz ihrer Worte schaute Kommissarin Hardenberg ihn ernst über ihren Schreibtisch hinweg an.

»Was ist mit Silvia Allenstein?« Er rutschte unbehaglich auf seinem Stuhl herum und fuhr sich durch seine nassen Haare.

»Die Förde ist an der Stelle zehn Meter tief. Und trotz deines beherzten Sprungs ins Wasser hat sie nicht überlebt.«

Taval schluckte. »Warum hat sie das gemacht? In die Förde fahren, meine ich?«

»Die Frau war nicht dumm. Und sie war Anwältin. Sie wusste, dass die Polizei den Mord aufklären würde.« Das »Polizei« betonte Hardenberg. Dann blätterte sie durch eine Vorgangsmappe.

Oleschewski und Reiter betraten das Büro. Reiter reichte Hardenberg einige Zettel, die sie überflog, während er neben ihr stehen blieb.

Oleschewski stellte Taval einen Pappbecher mit Kaffee aus einer örtlichen Rösterei auf den Tisch. »Tut mir leid wegen«, er fasste sich an die Seite, »Sie wissen schon.«

Taval nickte ihm zu. Ja, er wusste genau, wovon Oleschewski sprach. Seine Rippe erinnerte ihn regelmäßig daran. Nichtsdestotrotz trank er den heißen Americano.

Hardenberg legte alle Zettel bis auf einen in die rote Mappe. Diesen legte sie auf den Schreibtisch und schob ihn zu Taval rüber. Das Protokoll. »Lass in Zukunft die Polizei ungestört ihre Arbeit machen. Die Nummer mit dem Yacht-Winterlager war auch schon drüber.«

Taval sagte vorsichtshalber nichts. Zum Glück wussten sie nichts von seinen weiteren Einbrüchen zu Ermittlungszwecken. Ermittlungen, er stöhnte innerlich. Silvia hatte Nicole wohl aus einer Mischung von Motiven getötet, wenn er sich das richtig zusammenreimte: verlorenes Erbe, ausgespannter Lover, vermeintlich entgangene Mutterliebe. Obwohl Mutterliebe nicht das richtige Wort war, wenn er an Ruth Allenstein dachte.

Termühlen stand vom Sofa auf, nahm das Schriftstück in die Hand und studierte es. Schließlich sagte er: »Können Sie so unterschreiben.«

Genau das tat Taval dann auch. »War's das?«

»Das war's.« Hardenberg legte das Protokoll in die Vorgangsmappe und klappte sie zu.

Taval stand auf und schaute zu Reiter.

Der nickte. »Tschüss, Herr Taval. Kommen Sie mir nicht mehr unter die Augen. Wir haben Kateryna gefunden, bevor sie das Land verlassen konnte. Wir wissen, wie wir unsere Arbeit machen müssen.«

»Gratuliere, Herr Taval. Sie sind ein freier Mann.« Termühlen drückte die Bürotür von außen zu.

»Danke.«

Zusammen gingen sie den langen dunklen Flur des Kommissariats entlang. Bei Taval ließ die Anspannung des Wochenendes nach. Er wollte nur noch auf die Couch. Aber er hatte keine. Und auch keinen Job. Er hätte Ruth Allensteins Angebot annehmen können, dann hätte er jetzt eine Aufgabe. Und Silvia Allenstein würde noch leben. Verdammt!

In der hohen Eingangshalle des Kommissariats begegneten sie Wolfgang Allenstein und einem Mann in einem schwarzen Anzug. Termühlen und der schwarze Anzug grüßten einander.

Taval drehte sich um und sah ihnen nach, als sie die steinerne Treppe ins Innere des Kommissariats hoch gingen. »Warum ist der Allenstein hier? Der hatte doch mit dem ganzen Fall letztlich nichts zu tun?«

»Er hat sich selbst angezeigt. Irgendein Geschäft mit Briefkastenfirmen. Die Unterlagen, die man bei Nicole gefunden hat, waren wohl nur die Spitze des Eisbergs.« Termühlen schüttelte den Kopf.

Taval ließ diese Information einen Moment sacken. In dieser Familie hatte wirklich jeder seine dunklen Geheimnisse. »Fahren Sie jetzt gleich zurück nach Hamburg?«

»Nein, ich habe noch eine Verabredung.« Termühlen grinste. Dann gab er Taval die Hand und verschwand durch die Tür nach draußen.

Taval stöhnte. Alle hatten ein Leben. Eine Verabredung. Irgendetwas. Und er? Auf jeden Fall noch eine Frage an Dennis.

Taval trat auf den Bürgersteig vor dem Backstein-Koloss, der das Polizeirevier beherbergte. Wie gestern in einem albernen grünen Trainingsanzug. Wie gestern wollte er mit Dennis sprechen. Doch anders als gestern musste er ihn nicht suchen. Denn Dennis und Tanja warteten vor dem Kommissariat auf ihn.

Taval hatte sie noch nicht ganz erreicht, da ging Dennis ihn schon an: »Hattest du was mit Tanja?«

Die wedelte beschwichtigend mit den Armen.

»Nein, ich schwöre bei allem, was mir heilig ist.« Taval hob seine rechte Hand. Diesen Kinderkram wollte er gleich aus dem Weg räumen.

»Siehst du, Dennis. Das sage ich doch die ganze Zeit.« Tanja sah ihren Freund mit großen Augen an. »Ich war so sauer auf dich. Und da dachte ich, ich würge dir auch mal eine rein.«

Blöde Schnepfe, dachte Taval. Aber zumindest war das jetzt geklärt. Dann konnten sie sich ja nun wichtigeren Dingen zuwenden. »Dennis, eine Frage noch …«

»Alter, ich glaube dir«, sagte Dennis. »Und dass du mich bei der Polizei verpfiffen hast wegen der Geldsache, das musstest du tun. Das versteh ich. Also, Schwamm drüber. Schlag ein.« Feierlich hielt Dennis ihm die Hand hin.

Taval griff ihn mit beiden Händen an seinem Jackenkragen und zog ihn zu sich heran. »Hör mir mal zu mein Freundchen, du erklärst mir jetzt und hier, warum du mich mit der Katze zu dem scheiß Haus bestellt hast.«

Tanja kreischte. »Was soll denn das jetzt?«

»Halt dich raus!«, herrschte Taval sie an, bevor er sich wieder Dennis zuwandte: »Also?«

»Ich habe das Geld genommen«, antwortete Dennis kleinlaut. »Dann hat meine Tante angerufen und mich zu Omas Haus bestellt, weil sie mit mir sprechen wollte. Umgehend.«

»Weiter.« Taval hielt ihn immer noch fest am Jackenkragen.

»Dann habe ich Schiss bekommen und wollte jemanden, der mit mir dahin geht. Und dann habe ich dich angerufen.« Er machte einen schwachen Versuch sich aus Tavals Griff zu befreien.

Tanja schaute unglücklich von einem zum anderen und wieder zurück.

»Ja, Scheiße, und warum warst du nicht da?« Taval zog Dennis noch ein Stück dichter zu sich heran. Der sah aus, als würde er gleich anfangen zu flennen. Blöder labiler Spieler, dachte Taval und schüttelte ihn. »Und?«

»Ich habe gedacht, das bekommst du bestimmt besser ohne mich hin und haust mich raus«, sagte Dennis mit dünnem Stimmchen.

Taval schloss die Augen und atmete tief ein. Seine Rippe zwickte und das Blut rauschte in seinen Ohren. Er hätte den feigen Kerl auf der Stelle erwürgen können. Oder sich selbst ohrfeigen, dass er auf diesen Deppen reingefallen war und auch noch die Katze mitgeschleppt hatte. Er öffnete die Augen wieder. »Und was sollte die Katze dabei?«

»Die hat Angst alleine im Dunkeln. Und es war doch schon fast Abend.« Dennis standen die Tränen in den Augen.

Taval fehlten die Worte, aber er ließ ihn los. Sofort machte Dennis ein paar Schritte zurück und sah sich Hilfe suchend nach Tanja um. Die griff nach seiner Hand und zog ihn noch weiter von Taval weg.

Eine Dauerhupe heulte über die Straße. Taval

drehte sich um. Am Straßenrand stand ein Taxi.

»Steig ein, Taval!« Marianne hatte das Fenster runter gedreht. »Wir müssen eine Katze finden.«

# DANKSAGUNG

Ein Buch entsteht nicht ohne die Hilfe anderer Menschen und ich bedanke mich bei allen ganz herzlich, die mich unterstützt haben.

KHK Jörn Redlin hat mir erzählt, was ein Polizist und MEKler machen würde und was er niemals machen würde. In Gedanken ist er für mich in das leerstehende Haus gegangen. Alle Ungenauigkeiten und Fehler gehen auf mein Konto.

Tugce Karagöz konnte ich über Katzen ausfragen. Sie hat mir von einem Katzenmedium erzählt und von ihr stammt der Satz: »Ich mach's auch nicht zu feminin.«.

Ronny Rindler hat mich am Anfang beim Ideenbrainstorming begleitet und den Buchbeschreibungstext geschrieben als der Krimi fertig war.

Ganz besonderer Dank geht an meine wunderbare Lektorin und Schwägerin Tordis Pohl, ohne ihre dramaturgische Beratung und das unermüdliche Lektorieren meines Textes würde es das Buch nicht geben.

Vielen Dank an Nicole Schwerdtfeger für das tolle Cover, die Umschlaggestaltung und den schicken Buchsatz, Christof Ortmann für die zuverlässige strategische Unterstützung und Jochen Westermann für das unkomplizierte Korrektorat.

Ganz besonders lieben Dank an meinen Mann Ingolf, der mich unterstützt und an mich glaubt.